中华绝美古诗词百首解析

中华绝美古诗词百首解析

李淑章
崔雪雁　编著

首都师范大学出版社
CAPITAL NORMAL UNIVERSITY PRESS

图书在版编目（CIP）数据

中华绝美古诗词百首解析 / 李淑章，崔雪雁编著.
—北京：首都师范大学出版社，2018. 1
ISBN 978－7－5656－4135－0

Ⅰ. ①中… Ⅱ. ①李… ②崔… Ⅲ. ①古典诗歌-诗
歌欣赏-中国 Ⅳ. ①I207. 2

中国版本图书馆 CIP 数据核字（2018）第 003782 号

ZHONGHUA JUEMEI GUSHICI BAISHOU JIEXI
中华绝美古诗词百首解析
李淑章 崔雪雁 编著

出版策划统筹 董萧萧
责任编辑 王兰玉 特约编辑 李正堂
责任校对 李佳艺 装帧设计 李晓红
封面设计 红十月工作室
首都师范大学出版社出版发行
地 址 北京西三环北路 105 号
邮 编 100048
电 话 68418523（总编室） 68982468（发行部）
网 址 http://cnupn.cnu.edu.cn
廊坊市海涛印刷有限公司
全国新华书店发行
版 次 2018 年 1 月第 1 版
印 次 2018 年 6 月第 1 次印刷
开 本 910mm×700mm 1/16
印 张 13.75
字 数 221 千
定 价 38.00 元

推荐之一

云在青天诗在手，一卷傍身走全球——我已在路上。

这是一本可当环球“护照”的书，作用于当代中国公民，最大的裨益证明中华儿女均来自于“泱泱诗国”的文化身份。

当今世界，国与国竞争的核心乃文化，所以，文化身份的确认十分重要。上下数千年，诗魂一脉传；纵横余万里，诗华绝美生。

本书的意义不仅证明诗词是中华文明皇冠上的璀璨明珠，更以其精湛的解析勾沉出一串串美妙华彩的时尚饰品，可以装饰于现代国人的精神或文化风貌。足下文化高台不言自明，头顶浪漫星空耀世未来。

复兴之路修远兮，愿同行者共赏此书，或携之、阅之、诵之；或思之、品之、悟之……

2050 年，回眸今日，与此书共岁月的人，借俗语为吉：都是“非一般”的“之乎者”也，以诗造盛世者也……

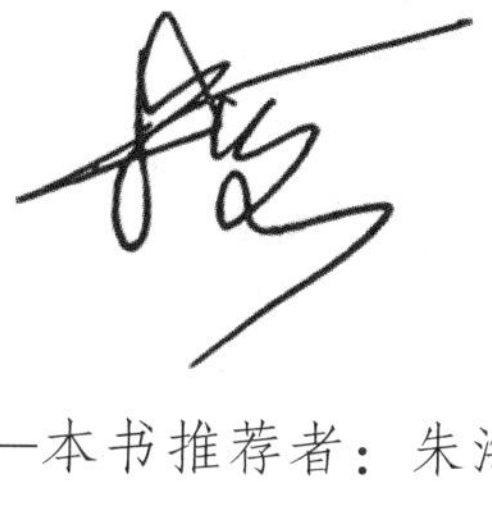

——本书推荐者：朱海

（中国著名电视文艺策划人与撰稿人、诗人、词作家）

推荐之二

我国是诗歌的国度，古典诗词是中华文化的瑰宝。浩如烟海的古诗词，讴歌了祖国大好河山、美丽田园；抒发了魂牵梦绕的思乡怀友之情；礼赞了志士仁人的高风亮节；歌颂了先民不屈不挠的爱国精神……在实现中国梦的路上，不能没有古典诗词相伴，因为它给予我们满满的文化自信，而没有文化自信，强国富民的中国梦，难圆。

习近平主席指示：应把经典古代诗词与散文嵌入学生的头脑，使之成为中华文化基因。《中华绝美古诗词百首解析》正是遵循这一指示撷取中华古诗词之精华，并对每首诗词作了精准、独到的解读，尤其对诗意进行了绝美赏析，非常值得广大中小学生、教师和诗词爱好者诵读、揣摩、玩味。

热爱古诗词吧！“诗言志。”“不学诗，无以言。”

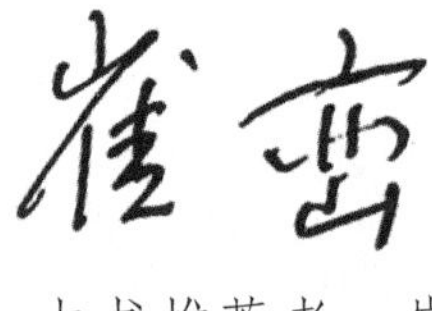

——本书推荐者：崔峦

（人民教育出版社编审

中国教育学会小学语文教学专业委员会名誉理事长）

本书特色

粗略地说一下这本《中华绝美古诗词百首解析》的特点：

第一，都是经典之作，而且篇幅短小，多是四句。分正编与副编两部分。正编每首均由五个版块组成，为精读篇目，副编则每首由两个版块组成，意在为读者提供诗词线索，启发读者自学。

第二，精选了从《诗经》开始、直到清代的名作，而又以唐宋名人名作为重点。

第三，内容与体例新颖实用，有别于其他诗词选解之类：

1. 每首均写了与作者或与选篇有密切联系的故事。

2. 对每首的重点词语均作了准确而通俗的解释，并对每首均进行了白话翻译。

3. 最重要的是，每首均作了详细的赏析，即使离开本书，它们也可以是一篇篇独立的解读诗词的散文。

4. 本书中有些诗词解析是从现行中小学语文课本中所选，有些则是知名出版社所出的名家解析之作。而它们的一些注释或解读往往有不妥之处或严重错误。对此，本书严肃指出，并进行了认真的考证与详尽的说明分析，这是本书价值所在之一。

5. 本书更有价值的地方是作者几乎对每首诗词均有不同于一般解读者的见解，而且这些见解均有依据，可成一家之言。

第四，本书还有“拓展建议”部分，内容或介绍今人对古代诗人的纪念，或介绍与所选诗词有关的其他诗词，或提示读者自己学习与指导别人学习的途径与方法，等等。这对不同年龄与不同类型的读者均会有不同的启发；这对中华经典诗词的传播与弘扬，可以起到较好的作用。

先看完这篇短文再去读诗吧

——代序

李淑章

我与崔老师写的这本书耗时一年多，可在头脑中构思已经很久了。

之前，我们看到书店里就有唐诗宋词的书籍，也注意到中小学语文课本中所选古诗词的变化情况。2014 年 9 月 9 日，习近平同志对经典古代诗词和散文的重要性做了独到论述，他说：“我很不赞成把古代经典诗词和散文从课本中去掉，‘去中国化’是很悲哀的。应该把这些经典嵌在学生脑子里，成为中华民族文化的基因。”

2017 年中央电视台播出“中华诗词大会”之后，古诗词突然火了起来，各种版本的相关书籍也如雨后春笋般地冒了出来，形形色色，优劣难辨。有人追求数量，有人追求佳句。读诗、背诵固然是好事，但人不是储存诗的机器，学诗与品诗，是为了拜长者为师，与历史对话，丰盈自己的内心，将中华民族文化的基因传承下来，发扬光大。

基于这些考虑，我们决定写一本与同类书籍有点不一样的书：增加“读”的趣味，“析”的精准，“赏”的独到；让它更有意思，让你更入情入境，享受到读诗的快乐。

如果不是这样，你就骂我这个老家伙好了！

那么，第一个不一样是什么呢？那就是介绍作者的方式不一样。别的书知道你想了解诗是谁写的，于是他给你个“作者简介”。而我们这本书会结合诗的内容，给你讲有关作者或作品的故事。王维、李白、杜甫、苏轼、李清照，所有的作者一下子就在你的头脑里鲜活起来。你会从中了解到，由于他们生活的那个时代，他们的经历，他们的思考，才让他们有感而发，写成了那样流芳百世的诗文。他们的故事，有些你不一定听过呢！比如，你知道《悯农》（二首）的作者是唐代李绅，你读到“锄禾日当午，汗滴禾下土”的诗句，会觉得作者多么同情劳动人民，思想多好啊！可是你哪里知道，就是这个李绅，他当了官以后就变了。老百姓遭了灾饥寒交迫，远走他乡；他不仅不救济，竟然还说他们是糟糠一样的废物。可见有些人是经不起环境地位变化的考验的。

第二个不一样是什么呢？那就是我们这本书特别对诗里被有的书（其中包括中小学语文课本）解释不妥甚至是完全错了的某些词语或句子，提出了意见，进行更科学更严谨的解析。比如，王维《九月九日忆山东兄弟》中的“遥知兄弟登高处”，小学语文教师用书居然把“登高处”解释为：登上高的地方。这显然是不对的！“登高处”中的“登高”是一个词，即登山的意思；“处”在这里是“时候”的意思。“登高处”应解释为登高的时候。再比如，李白《望庐山瀑布》中的“飞流直下三千尺”，人们都说是夸张的写法，我以前上课时也这么讲。后来我到庐山在李白望瀑布的地方观看了那飞流直下的瀑布，结果发现我们都讲错了：因为用肉眼从香炉峰顶一直看到下面的潭水，那长度绝不少于一公里。三千尺就是一千米，也就是一公里呀！原来作者不是夸张，而是写实。类似这样的独到解释还有很多。

第三个不一样更为重要，那就是对诗词的赏析与见解独到，别具一格。比如，马致远《天净沙·秋思》，有的书只说：“这首小令前三句组合九个名词，表示九种意象，构成三级不同却密切关联的意境。”这样的赏析会令人丈二和尚摸不着头脑。而我们在解析中细致地揭示了九个名词用法的至少三个“妙处”：一是每一个名词都可以各自独立成为景色；二是几个词连起来，可以构成一幅有机的画面；三是再把三句话连在一起思索，又会想象出另一种情景来，引发另一种情怀。相信你看了我们对这三个“妙处”的描述，既能体会到我们的用意，又能引发你的想象与不落窠臼的创造。本书正编中对每首诗都有这样的赏析。

第四个不一样的，你也许想不到，就是我们认真阅读了有关古籍，还亲自去了一些地方，获得了现代人对诗词作者的记念与研究的珍贵资料。比如，北朝民歌《敕勒歌》中的“敕勒川”究竟在哪里？我们查了不少材料，又去过内蒙古自治区的呼和浩特与包头，终于弄清楚敕勒川其实就是现在所说的土默川，而土默川就位于呼包二市。我们还拜谒并登上了离呼和浩特特市区只有20里左右的昭君墓，感受了“天似穹庐，笼盖四野”的奇妙。而且确切得知，所谓“天苍苍”并非像有人认为的“天是灰蒙蒙的”那样，苍是青色，即蓝色；天苍苍，就是天空是湛蓝湛蓝的。像这样的查找与考证出来的知识，还有陈子昂的《登幽州台歌》等。如果你读完这本书，以后出游时也去有意识地考证一番，这些财富就会完全属于你了。

最后一个不一样的，就是本书专门写了“拓展建议”。这个建议是适用于不同读者的。从幼儿园的教师、孩子，到大中小学的师生，到各类学生的家长，到各行各业的读者，都可以根据各自的情况，参考我们提的建议去进行拓展阅读，相信每个读诗的人都能依据自己的经验体会出不同的意境。

本书的错误疏漏之处定然不少，恳请大家批评指正。

目　录

正　编

副　编

副　编

正编

采葛

诗经·王风

彼[1]采[2]葛[3]兮，
一日不见，
如三月兮！

彼采萧[4]兮，
一日不见，
如三秋[5]兮！

彼采艾[6]兮，
一日不见，
如三岁[7]兮！

译　文

那个人采葛去了，
一天没见到，
好像隔了三个月啊！

那个人采萧去了，
一天没见到，
好像隔了三秋啊！

那个人采艾去了，
一天没见到，
好像隔了三年啊！

注　释

1. 彼：那，那个；诗中指采葛、采萧、采艾的那个人。
2. 采：采集。
3. 葛：葛藤，一种蔓生植物，块根可食，茎可制纤维。
4. 萧：植物名，蒿的一种，即艾蒿。有香气，古时用于祭祀。
5. 三秋：指三个秋季，共九个月。三秋，有时又指一年（如，三冬也指一年），有时专指秋季的三个月。
6. 艾：多年生草本植物，它的叶子可供药用，可制成艾绒灸病。
7. 岁：年。

关于作者

这首诗是从《诗经·王风》中选出来的。我们先简单谈谈《诗经》是怎样一部书，然后再来说说《诗经》作者及有关他们的故事。

一、《诗经》是我国第一部诗歌总集，收集了从西周初年到春秋时期500多年的诗歌，共305篇。

以内容为标准，可分为风、雅、颂三个部分：风，也叫国风，国，就是地区；所以，风就是地方民歌；有十五国风，共160首。雅，主要是朝廷乐歌，分大雅和小雅，共105篇。颂，主要是宗庙乐歌，有40首。

以表现手法为标准，则有赋、比、兴三种：赋，就是铺陈（敷陈其事而直言之也）；比，就是比喻（以彼物比此物也）；兴，就是起头（先言它物以引起所咏之词也）。

《诗经》这部书，从思想内容和创作艺术两个方面看，价值最高的是“风”，即地方民歌。

二、有一种说法，认为《诗经》的采集者是尹吉甫。他是黄帝之后裔，周宣王时期的大臣，文武双全。有研究古代文献的学者说，他不仅仅是采集民歌，而且还亲自创作了不少作品。

现在不少地方都各找证据，想证明尹吉甫就是他们那里的人。比如，湖北省房县就说他是房县（即房陵）人，理由是房县民间有大量有关尹吉甫的传说故事，更有大量的文物遗迹，他们还发掘出当地民歌，与《诗经》的乐歌非常吻合。此外，河北的南皮县、山西的平遥县、四川的泸州等地，也想证明尹吉甫与他们有密切关系。

不过，这一切都还没有定论。一般来说，大家都觉得《诗经》的多数篇章，就如同现在的民歌，很难找到真正创作之人。

但是，尹吉甫这个人是有的，而且可以肯定，他对《诗经》的采集与形成是有贡献的。

三、《诗经》的作者是谁，历来就有争论。但，孔子是《诗经》的删改者、编订者，却都认可。

《诗经》在先秦时期，是被称为《诗》的，有时也称《诗三百》。西汉时，它被尊为儒家的经典后，才有了《诗经》这个叫法。

至于孔子，这里就不作详细介绍，只告诉大家，他生于公元前551年9月28日，逝世于公元前479年4月11日，他的故乡是春秋时的鲁国，即现在的山东曲阜。

孔子是我国古代最伟大的思想家与教育家。他教学生读的书是六经：诗经、尚书、礼记、周易、乐经、春秋；简称为：诗、书、礼、易、乐、春秋。他教学生的本领是六艺：礼仪、音乐、射箭、驾车、写字、算术；简称为：礼、乐、射、御、书、数。

赏　析

由于这首诗没写具体人物，所以，它究竟写谁，谁也讲不清楚。但有一点是无须争论的，那就是表达人与人之间的深厚感情的。

有人说，这是一首男子思念女子的诗，理由是采葛，是为了织布；采萧，是为了祭祀；采艾，是为了治病。这都是女子干的事啊！但，也有人指出，采葛、采萧、采艾，男子也可以干呀！没有材料可以证明，这些事必须女子来干。况且，即使诗里的采葛、采萧、采艾，说的都是女子所为，你又怎么能断定，作者不是故意借此表达他对男性友人的思念呢？而且，也可以说是表达女子对女子的思念呀！

所以，这首诗内容之深之广，以及它所表达的思想感情之丰富之生动，都超出人们的一般想象。

这首诗共三章，都写诗人对“彼”的思念，但没说“彼”对诗人的态度。而这种思念是不断加码的：第一章说一天不见，就好像隔了三个月；第二章说一天不见，就好像隔了九个月，一下子成了原来的三倍；而第三章说一天不见，就好像隔了三年。这是怎么回事？我们先作一番猜测：

首先，可以假设“彼”采葛、采萧、采艾，连着走了三天，而思念者在这三天里，一次也没见到。那么，结果是：

头一天见不到，觉得就像过了三个月。第二天见不到，就好像过了九个月。同样是第三天见不到，好像过了整整三年。

这说明，思念者想见到“彼”的迫切程度，是与日俱增的。

其次，可以假设“彼”采葛、采萧、采艾后，思念者都见到了。按理说，思念者应该是轻松一点了，可为什么见到了反而想得更厉害呢？

这只能说明，三次见面后，对“彼”的感情更加浓烈了！

最后，可以假设这首诗写“彼”采葛、采萧、采艾，都只是一种依托或借代，它其实就是写这个人对那个人的一种崇拜、敬佩、景仰、爱慕的极其深厚的情感。

这样看来，这首诗对我们的启发至少有以下几点：

1. 这首诗可以表达热恋中的男女对时间的心理体验，也可以表达同性对同性的思念与牵挂。

2. 不管是哪个人，也不管是哪个国家，能被对方如此牵肠挂肚，这个人、这个国家，必然在某些方面有值得欣赏之处。否则人家是不会这样痴情的。

3. 朋友之间或者国与国之间的爱慕，也是相互的。如果只是一方情愿而另一方无动于衷，那友谊是绝不会持久的。

所以，如果想让对方念念不忘，那你就应该在德艺等方面丰富自己，完善自己。否则，恐怕没有什么人会对你说“一日不见，如三月兮”！

拓展建议

1. 有一个成语就是源于这首诗的，你知道这个成语吗？
2. 你对父母有过这样的思念吗？
3. 《诗经》里还有许多诗，你能介绍给你的朋友吗？
4. 你觉得这首诗，是用什么修辞手法来表达对“彼”的思念之情的？

离骚（片段）

屈原

（第一片段）

长太息[1]以掩涕[2]兮[3]，
哀民生之多艰。

（第二片段）

亦余心之所善[4]兮，
虽九死其犹[5]未悔。

（第三片段）

路漫漫[6]其修远[7]兮，
吾将上下[8]而求索。

译文

（第一片段）我禁不住长长地叹息啊，为百姓的艰苦生活而感到悲伤！

（第二片段）凡是我内心所珍爱的啊，即使让我为他们死无数次，我仍然不会后悔！

（第三片段）我追求真理的道路真漫长啊，但我将上天下地，到处去探索。

注释

1. 太息：意思是叹息。
2. 掩涕：是掩面哭泣的意思。
3. 兮：用在句子中间或句子末尾的语气词，相当于“啊”。
4. 所善：指爱好或喜欢的人或事物；善，不是指善良。
5. 犹：仍然。
6. 漫漫：形容道路或时间很长。
7. 修远：就是遥远的意思；修，指长度。
8. 上下：指上天下地，即到天上到地里的意思。

关于作者

屈原（前340—前278），名平，出身于楚国贵族。由于他既懂得内政，又懂得外交，加上口才与文章都好，所以，起初很受楚怀王的信任，曾做到左徒那样的高官。在国内，他主张改革内政；在外交上，他主张联合齐国，对抗秦国。但是，楚怀王的其他高官，还有他宠爱的妃子郑袖等人，由于受了秦国使者张仪的贿赂，就联合起来诽谤与攻击屈原，结果楚怀王听信了那些人的话，疏远了屈原。最后，楚怀王也被秦国骗去了，秦国就把他关押起来，最后死在了秦国。你看，这就是昏君的下场！

后来，楚怀王的儿子顷襄王即位，屈原又受到了进一步的迫害，他被流放到汨罗江一带。据《史记·屈原贾生列传》记载，公元前278年，秦国大将白起带兵攻破了楚国国都郢都。屈原这时候心如刀割，但是他知道自己无法挽救祖国了，于是在旧历五月五日这天，写了绝笔诗《怀沙》之后，抱了一块石头，就跳到汨罗江里了。他用自己的生命谱写了一曲壮丽的爱国主义乐章。屈原的代表作是他的长诗《离骚》。

现在讲讲端午节（也叫端五节）的故事：

传说屈原死后，楚国的老百姓非常悲痛，他们纷纷到汨罗江边去追悼屈原。渔夫们划起船只，在江上来回打捞他的真身。据说，有位渔夫拿出事先准备好的饭团、鸡蛋等食物，扔进江里，意思是让江里的鱼虾吃饱了，不要去伤害屈原的身体。

人们看到他这么做，就都来仿效，大家用各种办法保护屈原的身体。一位老医师拿来一坛雄黄酒倒进江里，想用雄黄酒把蛟龙、水兽弄晕，以免伤害屈原。后来，人们又怕饭团被蛟龙吃掉，就用楝树叶包上饭团，外面再缠上彩丝，这就是粽子。

以后，在每年的五月初五，就有了赛龙舟、吃粽子、喝雄黄酒的风俗。人们还把这一天定为端午节。这都是为了纪念爱国诗人屈原啊！

有人可能问："为什么叫端午节？"有一种解释说："端"字有"初始"的意思，"端五"就是"初五"；而按照历法五月正是"午"月，因此"端五"也就渐渐演变成了"端午"。

以上只是一种传说，未必是真的。但从这个传说中，可以看出我国人民对屈原的尊敬、爱戴与怀念之情是多么深沉与浓厚啊！

赏　析

这三个片段都是从屈原写的最著名的长诗《离骚》中选出来的。从这三个片段中，我们可以看出诗人一生爱国爱民与忧国忧民的感人情怀。

先分析第一片段："长太息以掩涕兮，哀民生之多艰。"

从这一片段中，我们可以看出，屈原虽是个官员，而且他处在被流放的环境之中，一般来说，他会颓唐，或想办法去迎合那些有权的人，好给自己找一条回去的路。

可诗人没有这样做，而是借此机会，深入接触劳动人民，身临其境地感受人民的痛苦。他也许觉得：只要我能与所热爱的人民在一起，就是幸福。

但是，当他看到"民生"的艰难，而他又知道自己无法解救他们，于是，又感到无限的悲痛与无奈。一声长叹后，诗人捂着脸哭了。

相信，凡是读懂诗人的，都会产生共鸣的。

再分析第二片段："亦余心之所善兮，虽九死其犹未悔。"

这句话的意思是：只要是我内心所珍爱的，就是让我死无数次，我也不会后悔。诗中的"亦"字，没有实在意义。

从这一片段中，我们不仅可以看出诗人追求理想的执着，而且可以体会到诗人一生对知识的渴求，对国家和人民的热爱。

就是这种精神，使他练就与诸侯舌战的口才，写出爱国爱民而又惊天地、泣鬼神的诗文。

当时，他的最大理想是抗击秦国的侵略，为楚国的独立与强大而贡献智慧和力量。为此，他即使牺牲多少次，也在所不辞。

屈原这种为美好事物不懈奋斗虽死不悔的精神，不仅影响了历代文人，而且影响了历代的人们。

可以这样说，几千年来，优秀的中华儿女的基因中，无不渗透着诗人的这种精神。

最后分析第三片段："路漫漫其修远兮，吾将上下而求索。"

这句出自屈原名作《离骚》的诗句，人们最熟悉。意思是说：在追寻真知、真理尤其是理想方面，道路还十分漫长。为了获得它，他（诗人）可以上至天空、下至地上（上穷碧落下黄泉）不遗余力地去探索。

这两句诗激励作用太大了，以至于千千万万的学子，即使他们没有读过《离骚》，甚至不知是何人所写，都会背诵这两句诗。因为这样形象生动而又比喻恰当的诗句，最容易拨动人们的心弦，从而引起共鸣。

所以，自从《离骚》问世后，千百年来，这两句诗就一直激励着古今中外所有的有志者，成为他们的座右铭。尤其当他们遇到挫折，觉得精疲力竭、想要放弃时，只要这两句诗突然出现在脑海中，往往就会使他们精神为之一振，顿时产生无穷的力量。于是，又鼓起勇气，继续前进了。

我们在实现“中国梦”的道路上，会不会也想到这两句诗呢？你还会想到什么吗？

拓展建议

1. 关于屈原，你还知道些什么？讲给老师与你的朋友听听。
2. 端午节时，你能建议人们搞点什么活动吗？
3. 你能按照学过的屈原的诗，编一首歌曲吗？
4. 动动脑筋，根据诗的意思跳个舞。
5. 把这三个片段背下来，给别人说说这些诗句的意思。

上邪

汉乐府

上邪[1]！
我欲与君相知，
长命[2]无绝衰[3]。
山无陵[4]，
江水为竭；
冬雷震震[5]，
夏雨雪[6]；
天地合，
乃敢[7]与君绝！

译　文

上天啊！
我多想与你相知相爱呀，
让这种感情永不衰减。
除非山峦没了顶端，
除非江水完全枯竭，
除非冰冷的冬天雷声滚滚，
除非炎热的夏日大雪纷飞，
除非天地合在一起……
这样的事情全都发生时，
我的这份情意才敢与你断绝！

注　释

1. 上邪（yé）：天啊！上，指天。邪，语气助词。
2. 命：令，使。
3. 衰（shuāi，旧读 cuī）：衰减、断绝。
4. 陵（líng）：山峰、山顶。
5. 震震：形容打雷的声音。
6. 雨（yù）雪：雨，名词活用作动词；雨雪，即降雪。
7. 乃敢：才敢，即才能。敢字，在这里表示一种委婉的语气。

关于作者

《上邪》这首诗属于汉代乐府民歌中的《鼓吹曲辞》。

所谓乐府，原来是指秦代以来朝廷设立的管理音乐的机构，汉武帝时期扩建，从民间搜集了大量的诗歌。后来，乐府成为一种诗歌体裁。其作者多无从考证。这首民歌也就如我们现在的民歌一样，很难找到作者。

这首诗就像说话，通俗易懂，原来是可以唱的。全诗采用杂言体，从二言到六言，错落有致，感情奔放。这首诗对后世的影响很大，是爱情诗中的绝品。

赏　析

首先，说说这首民间爱情诗的直接影响。

许多文人所写的爱情诗，往往含蓄迂回。尤其写到女孩子的用语，更是羞羞答答，遮遮掩掩。而这首爱情诗写的则是一个敢把心里话说出来的民间女孩子。她毫无顾忌地追求自己喜欢的人。那种爱情誓词的坚定，以及表达爱情的热烈，不仅激励着多少代勇敢的女孩子更加大胆地追求爱情与幸福，而且也无声地对压抑着自己情感的女孩子进行了启蒙教育。至于它对后世的诗文作者所起的作用，更是可以想见。

其次，欣赏欣赏这首诗的写作艺术。

诗的开头就是别开生面的正面发誓。你听："上邪！"用白话说就是："天哪！"什么都没说就呼喊老天。一看下文，才知道这是指天为誓。古人是敬天畏命的，对天发誓，那必然是极其庄严且重要的事。一旦对天发誓了，那就意味着这事一定要坚持到底，决不反悔。

这位姑娘开口呼喊老天，原来是要请老天给她作证：她要永远爱一个男子："我欲与君相知，长命无绝衰。"按理说，这样正面表达思想感情已经很动人了：一是发誓，二是明确，三是主动，四是坚定。这就等于说：老天会给我作证的，不管你爱不爱我，反正我爱你，而且永远永远！这姑娘真的铁了心了，可是，她觉得这样还不足以表达她对爱的执着与痴迷，于是她又说出了人们意想不到的话来。

后面的句子是从反面发誓，这就是现在我们常说的逆向思维。她先举出了五件不可能发生的事作为发誓的前提，而且恰当地运用了排比的修辞手法。

一是“山无陵”，二是“江水为竭”，三是“冬雷震震”，四是“夏雨雪”，五是“天地合”。请读者注意：这五件事之间并非并列关系，而是层层递进，越来越不可能。

前两件是说江山发生巨变。山没了山顶，那还叫山吗？江水枯竭了，人还能存在吗？但是，这女孩儿还是担心，万一发生了这种变化，那该怎么办呢？于是，她又想到大自然永恒不变的规律。冬天不会有滚滚雷声，夏天不会大雪纷纷。可她还是不放心，于是，她就想到了整个宇宙的终结，让天和地合在一起。而且，“山无陵”“江水为竭”“冬雷震震”“夏雨雪”“天地合”这五件事必须全部发生了，她才提心吊胆地挤出“与君绝”三个字来。其实，她说的这些事是不会发生的，所以，“与君绝”实际上说的是，永远不会“与君绝”。

这个女孩儿对爱情的渴望与执着，以及她对爱情的表达恐怕是前无古人的。

古今中外好多少男少女，为了表达自己的爱，往往不是以死发誓，就是用甜言蜜语打动对方，也有人写上一些含情脉脉的诗文来吸引所爱。而《上邪》这首诗的作者却既善于直白而又曲折地表达，又善于正面而又反面地表达；既善于热烈地表示长相守，而又善于冷静地表示可断绝。一般表达爱情的诗文最忌讳说断绝之类的话，而《上邪》的作者就明明白白写出了“与君绝”三个字。这种表达与任何一种“永远爱你”的写法相比，简直是天渊之别！因为她的断绝是以“天地合”为条件的。

到现在为止，我们还未曾发现古今评论这首诗的学者写道“天地合”的另一个深层含义，那就是作者是不是在暗示：她与她的所爱是天地之合，是天造地设的姻缘。

可见，《上邪》的作者不仅是一个心地纯真的女孩儿，而且是一个绝顶聪慧的姑娘。这首诗想象新奇，用语流畅潇洒，寓意深奥，真是神来之笔，称得起诗歌中的不朽之作。

最后，读者千万不要只把这首诗当作只是表达男女爱情的作品，它的影响与意义极其深远。

读者不妨看看戏剧大家曹禺写的《王昭君》。

当昭君出现在朝堂时，汉元帝让她唱一段“鹿鸣”之曲，来欢祝呼韩邪单于。昭君说她没有学过，就唱了《上邪》这首歌。元帝听罢说道：“你不觉得你有罪吗？”

下面是曹禺《王昭君》剧中的对话原文：

王昭君：（又跪下）昭君死罪。昭君没有迎逢陛下圣意，歌唱陛下的御作，昭君死罪。

元　帝：不是。你在这样的嘉宾面前，唱起这样儿女的情歌，不是失了礼吗？

王　龙：就是啊，陛下，这应该交掖庭治罪，该砍头的。

姜夫人：（自语）这不是！糟了！糟了！

王昭君：陛下能容臣昭君一言不？

元　帝：好，你说。

王昭君：陛下，如果能容昭君一言，这样的话是要站着说的。

元　帝：好，你就站着说。

王昭君：（立起来，意态自若，侃侃然）陛下，礼发于诚，声发于心，行出于义。天生圣人都是本着“义”和“诚”的大道理治理天下的。于今，汉、匈一家，情同兄弟。弟兄之间，不都要长命相知，天地长久吗？长相知，才能不相疑；不相疑，才能长相知。长相知，长不断，难道陛下和单于不想“长相知”吗？难道单于和陛下不要“长不断”吗？长相知啊！长相知！这岂是区区的男女之情，碌碌的儿女之意哉！

元　帝：（忍不住连连点头）好，好！

呼韩邪：（也忍不住）啊，陛下，这真是说得好极了。

所以，《上邪》这首诗不仅阐明或表达的是人与人、民族与民族、国与国之间的和谐与友谊，而且也蕴含着中华文明的天人合一的理念与情怀。

拓展建议

1. 关于王昭君，你还知道些什么？

2. 革命前辈董必武写过一首题为《谒昭君墓》的诗：“昭君自有千秋在，胡汉和亲识见高。词客各抒胸臆懑，舞文弄墨总徒劳。”请你体会这首诗的含义。

3. “雨”字，用作动词时“雨雪”当下雪讲。你能再举一两个例子吗？

4. 有人提出疑问：《上邪》这首诗为什么不能说是男孩子写的呢？对此，你有何看法？

江南

汉乐府

江南[1]可[2]采莲，
莲叶何[3]田田[4]，
鱼戏莲叶间。
鱼戏莲叶东，
鱼戏莲叶西，
鱼戏莲叶南，
鱼戏莲叶北。

译　文

江南的湖面上，
最适宜采莲，
莲叶茂密而相连，
鱼儿嬉戏在其间。
一会儿戏到东，
一会儿戏到西，
一会儿戏到南，
一会儿戏到北。

注　释

① 江南：说法很多；一般说来，多指长江以南的江苏、浙江等一带地方。

② 可：值得，或适合，或最宜；不应理解为可以或应该。

③ 何：多么。

④ 田田：莲叶长得茂盛而又相连的样子。

关于作者

这是一首汉乐府民歌中的采莲歌。同《上邪》不同的是，它是南方的民歌，其实也是表达爱情的，但全诗没有一个明显表达爱情的词语，甚至也可以说，这首诗也不是写人的，是写人在欣赏莲花，欣赏鱼儿戏水。

赏　析

先说说这首诗的奥妙之处。

1. 没有一个表示颜色与声音的词语，而声色都呈现出来了。

莲，是什么颜色？莲叶，是什么颜色？在哪儿采莲？那地方，又是什么颜色？鱼，是什么颜色？它就一种颜色吗？采莲，有声音吗？采莲人说话吗？只有一个人说话吗？……

我们一般欣赏作品所写的颜色与声音时，总会看到有红、黄、蓝、白等具体表示颜色的词语，往往要用上“咚咚咚”“哈哈哈”等表示声音的词语。而这首民歌却独辟蹊径，它没用一个与上述类似的词语，而声色皆出。岂不妙哉！

它是通过几个名词“莲”“莲叶”“鱼”，通过几个动词“采”“戏”，让我们亲眼见到那奇特的画面，亲耳听到那美妙的声音。

2. 没有写哪一个人与哪一个人的活动，而好多人物的音容笑貌，甚至于人物的思想感情，也都出现在我们的脑海之中。

首先，第一句的“江南可采莲”，分明是诗人在说话呀！至于他是不是采莲者，那就任你想象了。莲花到处都有，而诗人却要突出“江南”二字，这是因为莲花以江南为盛；据说江南采莲者多是青年男女，又以青年女子为多。这就又会撩拨起读者的另一种想象。

其次，“莲”，与“怜”字谐音，而“怜”在这里不是怜悯、同情的意思，而是“爱”的意思。《孔雀东南飞》一诗中有“可怜体无比，阿母为汝求”的句子，其中的“可怜”就是可爱的意思。还有“戏”这个动词，其含义更是无比丰富，令人遐想，令人幽思。

最后，诗中的“鱼”是谁？它究竟在干什么？这些奥妙之处都令人回味。

3. 没有写哪一朵莲花与哪一片莲叶，也没写它们的数目与形状，而它们的一切都引人入胜，不仅令人目不暇接，更令人有惊艳之感。

“莲叶何田田”中的“田田”不仅表示莲叶的圆阔，而且表示它们紧紧相连的样子。这既是明写莲叶之美，更是在暗示采莲人之多、其姿态之美，以及她们之间的亲密无间。至于“鱼戏莲叶东，鱼戏莲叶西，鱼戏莲叶南，鱼戏莲叶北”，不仅写出了水之宽广，而且突出了采莲者、“鱼”和“莲叶”戏耍的欢快与恋恋不舍的情怀，其艺术之奥妙，令人拍案叫绝。

再说说这首诗给读者所留的空间。

大家知道，写什么、怎么写，这事作者可以做主，而作品一旦写出来，读者怎么理解、怎么评价，是褒是贬，作者就无权过问与干涉了。大家都熟悉的“有一千个读者，就有一千个哈姆雷特”，说的就是这个意思。比如，小孩读这首诗，他们可能会被水中的游鱼所吸引。某些地方的女孩子读这首诗，她们也许会想到自己划着船，在清清的湖水中边采莲，边唱歌呢。语文老师读这首诗，或者会联想到《木兰诗》中“东市买骏马，西市买鞍鞯，南市买辔头，北市买长鞭”……

最后简要说说这首诗的写作艺术。

1. 构思巧妙，层次清晰。

前三句是第一层，总写人在采莲、鱼在莲叶间嬉戏的情景；后四句是第二层，写鱼在水中，忽东忽西忽南忽北地自由自在地翱翔。

2. 并用排比、反复与拟人的手法。

这种手法主要表现在后四句上。排比，一看就知；但同时也是“隔行反复”的手法：你看，四句中，除了“东南西北”四个字外，其他完全相同。此外，一个“戏”字，一下子把鱼写成了人。这大概正是作者这首诗的真谛所在。大胆猜一下，这在水中、在莲叶中玩疯了的，真是鱼吗？恐怕应是作者自己吧？

3. 至于这首诗所运用的借喻和双关的艺术，前面讲这首诗的“奥妙之处”时，已作过详细分析，恕不赘述。

拓展建议

1. 读了《江南》，你会想到朱自清的《荷塘月色》吗？你还记得“曲曲折折的荷塘上面，弥望的是田田的叶子……”这样的句子吗？还记得他在这篇散文中引用过的《西洲曲》里的“采莲南塘秋，莲花过人头；低头弄莲子，莲子清如水”的诗句吗？

2. 你读过周敦颐写的《爱莲说》吗？能背诵吗？你认为莲花的主要特点有哪些？

3. 试着模仿《江南》的某一两种写法，写一首诗或一篇散文。

步出夏门行[1]·观沧海

曹操

东临[2]碣石[3]，
以观沧海[4]。
水何[5]澹澹[6]，
山岛竦峙[7]。
树木丛生，
百草丰茂。
秋风萧瑟[8]，
洪波[9]涌起。
日月之行，
若出其中；
星汉[10]灿烂，
若出其里。
幸甚至哉，
歌以咏志[11]。

译文

我向东走去登上碣石山，
来观赏绿色大海的奇景。
海水多么宽阔浩荡啊，
山岛巍然屹立在大海之中。
树木浓密而蓬勃，
百草丰美而繁荣。
秋风瑟瑟而轻吹，
巨浪滚滚而涌动。
运行的太阳和月亮啊，
好像就在这大海之中。
灿烂的银河与星光啊，
好像也在这大海之中。
太幸运了，
就用诗歌来抒发我的心情！

注释

1. 步出夏门行：是汉乐府中的一种曲调名，与题意和诗意均无关系。
2. 临：登上，有游览的意思。
3. 碣（jié）石：山名。公元207年秋，曹操征讨乌桓凯旋时经过这里。但碣石山究竟在哪里，学者们有过争论，后来秦皇岛孟姜女庙附近的孟姜女坟出土了一批文物，证明昌黎县城北的碣石山，就是当年曹操所登临的碣石山。

④ 沧海：青绿色的海，这里指渤海。
⑤ 何：多么。
⑥ 澹澹（dàn dàn）：水波荡动的样子。
⑦ 竦峙（sǒng zhì）：耸立。
⑧ 萧瑟：树木被秋风吹动的声音。
⑨ 洪波：汹涌而巨大的波浪。
⑩ 星汉：银河，天河。
⑪ 幸甚至哉，歌以咏志：直译这两句诗的意思是，幸运到极点了，（所以）用诗歌来吟诵（我的）愿望。其实，这是配合音乐时的套语，好多乐府诗最后都有这么两句，与诗的内容无关。

关于作者

曹操（155—220），字孟德，小字阿瞒，谯郡（今安徽亳州）人。三国时著名的军事家、政治家和文学家。他的志向是统一天下。他的作品大多集中在《魏武帝集》中。曹操没当过皇帝，他逝世后，他的儿子曹丕即位，尊他为魏武帝。他精通兵法，善于写诗。他的诗主要是抒发自己的政治抱负，气魄雄伟；他的散文也清峻有力。他的诗文开启并繁荣了建安文学，给后人留下了宝贵的精神财富，史称建安风骨。鲁迅评价他是“改造文章的祖师”。在中国的影视剧中，曹操多以“奸雄”的形象出现，其实，他是我国封建时代很有作为的一个人物，毛泽东曾说：“我的心与曹操是相通的。”

关于曹操的故事很多，这里从略，希望读者自行寻找选读有关他的故事，从而得出自己的结论。

赏　析

《观沧海》这首诗，是曹操北征乌桓凯旋后登临碣石山时所作。表面上是描写大海的雄伟景象，实际上是借此抒发诗人开阔的胸襟，表现他统一中原的雄心壮志。

曹操这首诗最主要的特点有三个方面：

一、借景抒情，寓情于景

有人说这首诗是情景交融，这是没经过深思熟虑的说法。情景交融，是指诗文的某些句子究竟是在写景还是在抒情，读者很难判断。而这首诗（除“幸甚至哉，歌以咏志”外）没有任何一句是直接抒情的。有人说，这首诗“句句在写景，同时句句在抒情”，这也是毫无根据的。请看，从“水何澹澹”到“若出其里”，哪有一句不是写景呢？曹操聪明得很，他并不想让你看出他写这首诗的感情所在。他可能在说：我只是写写我看到的大海呀，至于读者怎么想，那是他们自己的事，我可管不着。曹操的过人聪明，正表现在他是用巧妙的借景抒情或寓情于景的手法，暗示他心底深处的秘密。现在，我们试着来窥视一下曹操的这个秘密：

“水何澹澹，山岛竦峙。树木丛生，百草丰茂。秋风萧瑟，洪波涌起。”这六句当然是写他看到的景物。但是，海中的景物那么多，为什么首先写这些呢？“水何澹澹，山岛竦峙”这两句是写在水波荡漾的大海上，有巍然耸立的山岛，它们点缀在绿色的海面上，使大海显得神奇而壮观。“树木丛生，百草丰茂。秋风萧瑟，洪波涌起。”这四句是写诗人在眺望大海时看到的另一些令人振奋的景象：树木浓密而蓬勃，百草丰美而繁荣；秋风瑟瑟而轻吹，巨浪滚滚而涌动。请看，写的是秋天的景象，可没有丝毫冷冷清清的样子，恰恰相反，诗人写出的是一个生机勃勃的秋天。于是，我们就可以这样揣测，在诗人眼里，大海中这些景象已经幻化为他的文治武功所取得的辉煌成就了。

最惊人的妙句是：“日月之行，若出其中；星汉灿烂，若出其里。”这四句仍然是写景，但却不是现实的景物，而是诗人的想象。从表面上看，这也是合乎情理的：人们都看过日月从大海中出没的奇景呀！但是，这不仅正好暗示出诗人宽阔而深厚的胸怀，而且更激发读者的想象：诗人笔下的“日月”与“星汉”是不是指他统治下的杰出人才呢？如果是这样，那么谁是大海呢？不言而喻，说了半天，能够左右这天下的原来正是诗人啊！这分明在表现曹操统一中原的雄心壮志啊！有人说，曹操是把自己比作太阳与月亮的。这是囿于“与日月争辉”的谬解。曹操是大海，是“若出其中”的“其”，“其”就是大海。曹操才不做日月呢，他要做吞吐“日月”与“星汉”的大海。

描写所看到的景物，又把作者自己的思想感情寄托于所看到的景物之中，这就叫“借景抒情”，或者叫做“寓情于景”。

二、有动有静，动静结合

“树木丛生，百草丰茂”，这是静景。“秋风萧瑟，洪波涌起”，这是动景。静景与动景相结合，既写出山岛的幽静，又写出大海的喧嚣。宛如碣石山前演奏的一曲美妙的交响乐。请想想，当诗人听到如此迂回曲折、腾挪跌宕的乐曲，他的心情该是怎样的呢！

三、明暗相生，虚实互映

明暗相生，指表面上写的，是诗人眼前所见实实在在的景物；而真正要表达的，却是令诗人激动万分的自己创造出来的辉煌。虚实互映，一是指“水何澹澹，山岛竦峙”“树木丛生，百草丰茂”和“秋风萧瑟，洪波涌起”这些当时就看到的现实景物，这叫实写；二是指“日月之行，若出其中”与“星汉灿烂，若出其里”这些想象中的景物。这叫虚写。二者前后相接，彼此相连，相互辉映。于是，诗人就有意无意地用虚实互映的手法，把他当时按捺不住的狂喜与还要继续干一番更大的事业的抱负呈现在读者面前。

这就是曹操的文学造诣，这就是曹操的伟大胸襟。如果联系他写过的《龟虽寿》中“老骥伏枥，志在千里”的诗句来分析，我们就会更加清楚和深刻地体会到曹操不同凡响的艺术丘壑与人生追求。

拓展建议

1. 读读《三国演义》中有关曹操的故事，说说你的看法。

2. 读读曹操写的《龟虽寿》，自己解释解释，或者请别人帮帮。

3. 现在的安徽省亳州市内有个曹操公园，院内有曹操纪念馆，是2009年建成的。你有兴趣去看看吗？

敕勒歌

北朝民歌

敕勒川[1]，
阴山[2]下。
天似穹庐[3]，
笼盖[4]四野[5]。
天苍苍[6]，
野茫茫。
风吹草低见[7]牛羊。

译　文

我们的敕勒川啊，
它铺展在阴山脚下。
它好像牧民居住的毡帐，
笼罩着四方旷野。
长天湛蓝，
绿野茫茫，
一阵微风吹来，
草低处，
闪现出数不清的牛羊。

注　释

① 敕勒川：敕勒，种族名；敕勒川，指今内蒙古呼和浩特一带。
② 阴山：在今内蒙古自治区北部。
③ 穹庐：用毡布搭成的帐篷，类似现在的蒙古包。
④ 笼盖，即笼罩（另有版本作“笼罩”）。
⑤ 四野，草原的四面八方。野，古词典里读 yǎ，现代人一般读 yě。
⑥ 苍苍：苍，青色；苍苍，湛蓝湛蓝的。
⑦ 见：读 xiàn，同“现”，显露。

关于作者

这是敕勒人唱的一首民歌，据考证，它是由鲜卑语译成汉语的。从这首民歌中，我们可以想象到大草原的景色和游牧民族的生活。这首民歌的作者，也如大家所知道的其他民歌一样，无从考证。

至于鲜卑族的起源，史学界还没有定论，但基本认为是由中国古代北方民族转化而来的。东晋十六国和北朝时期（317－581），中国北方的大片地区都在鲜卑人的统治之下。当时，鲜卑语的应用与影响面之广，仅次于汉语。据考证，这种语言一直延续到唐朝中期，才逐渐消失。不过，鲜卑人只有语言而没有文字；所以，他们的语言想用文字表达，还得借助汉字。

史书记载，《敕勒歌》在北魏时流传很广，北齐神武帝高欢（有人说他是鲜卑化的汉人）及其部下斛律金（鲜卑人）所带的军队，就会唱这首民歌。

那么，敕勒川究竟在哪里？对此，专家们有不同说法：有的认为在山西的朔州一带；有的认为在内蒙古呼和浩特大黑河流域和包头昆都伦河流域；有的认为在如今的内蒙古土默川平原，就是包头的土右旗大部和呼和浩特的土左旗小部分。我们看到的资料中，大多认为，敕勒川就是土默川。据说，现在包头与呼和浩特的人们都在复兴敕勒川文化。

赏　析

这首民歌，总共27个字，却不仅展现了北方大草原的宏伟景象，而且歌颂了当时游牧民族的富裕生活，以及他们那种自豪而又潇洒乐观的情怀。

一、内容与结构

开头：“敕勒川，阴山下。”

这两句不仅交代了敕勒川的地理位置，而且请出雄伟的阴山来做辽阔草原的背景。这里，山绝非只是山，川也绝非只是川，而是山连川、川连山，山川相亲，山川紧相连。这就像我们在电影中经常看到的画面：先给你显示一下宏观景象，当你被它吸引后，接下来才领着你，欣赏更加众多而精彩的极具个性的奇观。

先欣赏第一个奇观：“天似穹庐，笼盖四野。”

你看，敕勒族人多聪明，多为别人着想呀：为了让我们领略这天野相接而壮阔无垠的奇观，竟然会想到用自己生活中的“穹庐”作比喻，说：天空宛如他们无比巨大的圆顶毡制帐篷，盖住了草原的四面八方。其实，也在有意无意地告诉听者和读者，他们所居住的地方天地合一，无缝无边，简直就是整个世界。

有一次，四川的几位朋友来到呼和浩特，听说这里就是古代的敕勒川，就问道：“那么，现在还能看到‘天似穹庐，笼盖四野’的景象吗?”我们笑着，故意不回答，而是领着他们登上巍峨的昭君墓的顶端，然后请他们瞭望、俯瞰。结果，他们惊呆了，几乎是异口同声地说道：“真像！真像!”

再欣赏第二个奇观：“天苍苍，野茫茫。”

有人来到呼和浩特这样说：“没想到过去这块‘天苍苍，野茫茫’的荒凉之地，现在变得如此宏伟壮观!”我们不否认，现在呼和浩特确实宏伟壮观，但我们不同意说这块土地过去是“荒凉”的。

须知，“天苍苍”中的“苍”，即青色或蓝色。我们说的“苍天”就是蓝天。所以，“天苍苍”是说，天空是湛蓝湛蓝的。那么，“野茫茫”中“茫茫”又怎么解释呢？查《汉语大词典》，第一个义项就是“广大而辽阔”，其中举王安石的诗《化城阁》为例：“俯视大江奔，茫茫云海平。”不难看出，《敕勒歌》中的“野茫茫”正是形容敕勒川的田野广大而辽阔。啊！原来这块土地过去是这样的：天空是湛蓝湛蓝的，田野是嫩绿嫩绿的。怎么能说是“荒凉”呢！

或许有人说：诗中并未书写田野的颜色呀！啊，这正是诗的另一个妙处，也许作者是有意卖关子，让你去猜，去想象。不信，请继续读诗。

现在，欣赏第三个（也是最后一个）奇观：“风吹草低见牛羊。”

“风吹草低见牛羊”中的“见”读如“现”，人们只要知道“书读百遍，其义自见”怎么读，就不会读错了。有人说，他去过草原，也见过草原上的牛羊。可那草并不高，牛羊在草原上吃草，是看得清清楚楚的，并非“风吹草低”后才出现的呀！

是的，他说得没错。可是，这种说法至少忽略了以下两种情况：一是他看到的只是某一处草原，那里的草的确比较低矮；如果他到过呼伦贝尔大草原，那恐怕就不会如此说了。二是作者所写的草原与现在的草原是大不相同的；如果你到了呼和浩特市内，你更会觉得，这哪里是“风吹草低见牛羊”的地方，分明是现代化的大城市啊！

但，那时牧民的家乡，却是与蓝天相连的绿色草原，是牛羊的世界。由于牧草格外丰茂，牛群、羊群便统统隐没在那绿色的海洋里。如果我们生活在那个时代，一阵微风过后，在绿草起伏动荡的瞬间，你才会看到各色的牛羊，在其中忽隐忽现。

现在，回答有人提出的“诗中并未书写田野的颜色”的问题。

我们要说：这正是作者匠心独运的绝妙所在。作者没写田野的颜色吗？不，写了。不过，他没说“绿茫茫”。为什么？因为他想让听者与读者，从“风吹草低见牛羊”这样的景色中，自己想象与体会。

草是绿的，但又并非一概都是绿的；而且即使都是绿的，那绿色的深浅老嫩也不尽相同呀！更何况，还有活动在茫茫草原上的成群成群的牛羊啊！作者也不像现在的某些诗人，写到羊，总是“洁白的羊群”等等。

可作者是草原上的主人，所以，他深深地知道，与自己朝夕在一起的牛羊不是一种颜色，也不是两种颜色。它们有的是白的，有的是黄的，有的是黑的，有的是花的……所以，整个一首诗，只写了天空的颜色，此外的事物一概不直接写其颜色，而是留下空间，让人想象，这岂非绝妙！

二、这首诗运用了比喻、对偶、叠音等修辞手法，还善于使用静态描写与动态描写相结合以及寓情于景的艺术手法

这里，只说说作者对“风”的描写。风太伟大了：它把读者的听觉、视觉甚至嗅觉全都调动起来了。你看，“吹”“低”与“见”，这三个连续的动作，哪一个不是风支配的？它使我们听到了箫笛一般的声音，看到了色彩斑斓的形象，闻到了绿草的芳香。至于其他的奥妙之处，读者可自己分析体会，这里恕不赘述。

三、这首诗对后世的影响

且不说别的，只以内蒙古现代诗歌为例，就可看出它的影响之深远。比如：“蓝蓝的天上白云飘，白云下面马儿跑……”，再比如著名的《牧歌》：“蓝蓝的天上，飘着那白云；白云下面，是雪白的羊群。羊群好像是那斑斑的白银，撒在草原上，多么爱煞人！”还有大家都熟悉的腾格尔创作的《天堂》：“蓝蓝的天空，清清的湖水，绿绿的草原。奔驰的骏马，洁白的羊群，美丽的姑娘。啊！我的家乡！我的天堂！”这些作品恐怕都从《敕勒歌》中汲取了某种营养。

拓展建议

1. 内蒙古首府呼和浩特市区南面，有个和林格尔县。据史书记载，北魏皇帝的陵墓就在和林格尔境内，史称盛乐金陵。盛乐金陵共葬有九位北魏帝王：有始祖六世祖拓跋力微、昭成皇帝什翼犍等。和林格尔就是那时的盛乐。如果你想了解鲜卑人昔日的辉煌，你可到和林格尔一游。

2. 呼和浩特市在大青山下，而大青山则是阴山山脉的支脉。呼和浩特，是蒙古语“青色城市”的意思。如果你在内蒙古听到“青城”这个词时，它指的就是呼和浩特。到了那里，你可以登上昭君墓顶端，去领略一下“天似穹庐，笼盖四野”的奇观。

归园田居[1]（其三）

陶渊明

种豆南山[2]下，
草盛豆苗稀。
晨兴[3]理荒秽[4]，
带月[5]荷锄[6]归。
道狭草木长[7]，
夕露沾[8]我衣。
衣沾不足惜，
但使愿无违[9]。

译　文

（我）在南山下种了豆子，
结果是杂草丛生，
豆苗却长得很稀。
（我）早早起来，
就到地里锄草，
很晚才披着月光，
扛着锄头而归。
那小路非常狭窄，
草和树木既高又长。
夜晚的露水，
打湿了我的衣裳。
衣裳湿了倒不值得珍惜，
只要不违背初心，
我就会感到欣慰。

注　释

1. 归园田居：是诗的名称。《归园田居》共五首，这里选的是第三首。
2. 南山：指江西九江的庐山。
3. 晨兴：早上起来。兴，读 xīng，起来。
4. 理荒秽：除杂草。理，整理、剪除；秽，污秽，指田间杂草。
5. 带月：顶着月光。带，同“戴”，披着或顶着。
6. 荷锄：扛着锄头。荷，读 hè，扛着。

⑦ 草木长：草和树都长得高。长，这里读 cháng，不读 zhǎng，因草木高，才可以打湿衣裳。

⑧ 沾：沾湿。

⑨ 愿无违：愿，是名词，心愿，即初心；无违，即不要违背。所以，愿无违，即是不要违背初心（隐居躬耕的最初心愿）。

关于作者

陶渊明（365—427），晋代诗人，名潜，字元亮，号为“靖节先生”（他死后其亲友等人赠他的号，意思是说他纯净而有气节），自号“五柳先生”（因为他住宅旁边有五棵柳树）。浔阳柴桑（今江西九江）人。早年曾做过几次地方小官，41 岁时任彭泽（现在的九江境内）令，只干了 80 余日，就辞官归隐田园，直到逝世。陶渊明是我国古代一位伟大的诗人，他的诗艺术成就很高，对后世诗歌发展有深远的影响。《靖节先生集》汇集的就是他的作品。

这里讲一个“不为五斗米折腰”的故事：

“不为五斗米折腰”已经是大家熟知的成语。这个成语源于《晋书·陶潜传》：“吾不能为五斗米折腰，拳拳事乡里小人邪。”意思是，我不能为了得到五斗米的俸禄，就弯下腰来去侍奉地方上的小人呀！

事情是这样的：

一天，上级派来一个督邮来督察。督邮的作用只是受太守委派来监督、检查县级官员的工作的。官虽不大，但由于是上级派遣，所以往往骄横跋扈，仗势欺人。

公元 405 年的冬天，陶渊明上任不久，上面就派出一名督邮，到彭泽县来督察。这个督邮粗俗而傲慢，他一到彭泽，就派县吏叫陶渊明来见他。陶渊明虽然一向蔑视富贵，从不肯趋炎附势，但督邮是上级所派，于是他只好动身去见。不料，县吏却把他拦住，说道：“参见督邮要穿官服，并且束上大带，不然，督邮要归罪的！”此外，还说了一些特殊要求。

这一下，陶渊明气坏了，心想：“哪来这么多臭规矩！”他长叹一声，然后愤怒地说道：“我不能为五斗米，向这乡里小人折腰！”说罢，立刻取出官印，封好，并且写了一封辞职信，就毅然决然地离开彭泽回家了。从当县令到辞职回家，总共 80 多天。

高中课本上选的《归去来兮辞》，据说就是陶渊明于归隐途中写的。

有人考证说：五斗米，是士大夫的俸禄数量。至于折腰，当然就是弯腰行礼，指屈身伺候人。“不为五斗米折腰”就是比喻为人清高，有骨气，不为利禄所动。

赏　析

这首诗写的是诗人归隐后的生活情况，表达诗人在任何情况下也不会改变他隐居田园的初心。

下面讲讲这首诗的几个特点：

一、亲切自然，如叙家常

“种豆南山下，草盛豆苗稀。”这两句诗就像诗人跟朋友说话一样：我回田园后在南山脚下种了一片豆子，结果种得不好，草长得倒很茂盛，可是豆苗却稀稀疏疏的。多自然，多亲切！其他诗句也明白如话。陶渊明的好多诗流传至今，恐怕与此有关。

二、对比鲜明，照应独特

诗人使用了对比的艺术手法。比如，“草盛”与“豆苗稀”对比，一是说明他种的是荒地，二是讽刺自己毕竟不是农民，由于是刚学，所以出了洋相。再比如，“夕露沾我衣”与“衣沾不足惜”对比，夕露打湿衣服当然不好，但诗人却不在乎。这两个对比都在表达，诗人不论遇到任何艰难险阻，也不会半途而废，改变初心。这里运用对比手法，显然是有意的。

此外，诗人还运用了照应的手法。读者也许会说：看不出哪里是照应呀！如果真是如此，那说明诗人运用照应手法真是奇特了。请注意：前面写“草盛豆苗稀”与“晨兴理荒秽”，后面写“带月荷锄归”。因为“草盛”才说“荒秽”，要解决“草盛”“荒秽”的问题，才需要“带月”与“荷锄”。你看：“晨兴”与“带月”相照应，“草盛”“荒秽”又与“荷锄”相照应。诗艺的奇特，可谓“踏雪无痕”。

三、意境美好，感情纯真

这首诗运用了四种表达方式：记叙、描写、抒情与议论。前两句“种豆南山下，草盛豆苗稀”，主要是记叙；后四句从“晨兴理荒秽”到“夕露沾我衣”，主要是描写；最后两句是议论兼抒情。中间四句宛如一幅水彩画，又像轻音乐。“晨兴理荒秽，带月荷锄归”这两句诗，不仅使你看到在月光映照下扛着锄头归途中的诗人，而且使你想象到顶着晨星的诗人来到山下，锄草时发出的沙沙的声音与韵脚；而“道狭草木长，夕露沾我衣”两句，同样使你看到了夜色中的美景，听到了诗人晚上行于齐腰高的草木中的节奏与旋律。绘声绘色，如见其人，如闻其声。在诗人看来。这是多么美好的意境！

“衣沾不足惜，但使愿无违”这两句画龙点睛，毫不掩饰地直抒胸臆：这些在世俗之人眼中的一切艰难辛苦，在我看来，都是最美好的；因为这些都是我喜欢做的事情。只有这样，才不违背我的初心，这又是多么纯真的感情！

拓展建议

1. “但使愿无违”的“但”字，在这里当什么讲？

2. 陶渊明的《归园田居》共五首，你还知道哪几首？

3. 陶渊明的名作还有《归去来兮辞》《桃花源记》，你读过吗？

4. 陶渊明所在的社会，战争频繁，人民流离失所，社会风气败坏，贫富悬殊。他归隐后，开始生活还可以；越到后来，他的生活越艰难，有时到了乞求别人帮助的地步。即使这样，有人劝他再去做官，他都坚决拒绝。你对此有何看法？

5. 如果你想知道后世怎样纪念陶渊明，我们建议你去江西的庐山旅游。因为庐山附近，就有陶渊明纪念馆。

人日[1]思归

薛道衡

入春[2]才七日，
离家已二年。
人归落雁后[3]，
思[4]发在花前。

译　文

入春仅仅七天，
离开家乡却有两年。
回家的日子，
落在了北飞的雁群之后。
而思乡的念头，
却发生在春花开放之前。

注　释

1. 人日：相传农历正月初一为鸡日，初二为狗日，初三为猪日，初四为羊日，初五为牛日，初六为马日，初七为人日。
2. 入春：进入春节那天。
3. 人归落（luò）雁后：指作者（人）回家落在大雁之后。传说鸿雁于正月就从南方返回北方。
4. 思：急于回家的心情，形容归心似箭。

关于作者

薛道衡（540—609），隋代诗人，字玄卿，河东汾阴（今山西万荣）人。他在北朝的北齐、北周时当过官。隋朝建立后，他还当过比较大的官。他的诗写得好，在隋代诗人中艺术成就最高。曾有诗文集30卷，后来不知去向。《先秦汉魏晋南北朝诗》［中国先秦至隋的诗歌总集，今人逯钦立（1910—1973）编，共135卷］录存薛道衡诗20余首，《全上古三代秦汉三国六朝文》（清人严可均编，共分15集）录存薛道衡文8篇。《隋书》与《北史》中有薛道衡传。

现在讲他的两个故事。

第一个故事：薛道衡死在隋炀帝手里

薛道衡在北齐、北周和隋这三个朝代里都做过官，每一朝都做秘书一类的工作。他写诗文时用心专一，每次都是脚踏在墙壁上躺着写；听到门外有人声，他就一个人发怒。当时的人都喜欢他的诗文。隋文帝杨坚每次谈到他，总是说：薛道衡的诗文称他的心意。隋文帝统一北朝后，南朝还有陈国比较强大。隋文帝还曾派薛道衡出使陈国，陈后主陈叔宝也很赏识他的诗文。隋文帝的儿子隋炀帝杨广，对他也很赏识。

但是，人有所长，也有所短。薛道衡的“短”，就是为人太迂太直，不懂得转弯子。结果由此掉了脑袋。事情是这样的：隋炀帝即位后，对薛道衡心存爱慕。但几次派他到外面当官，他要么拒绝，要么干上很短一段时间，就要求退职。后来隋炀帝同意他回京做官。可他到京后，却呈上去一篇《高祖文皇帝颂》，对隋文帝大加赞颂。其中含有隋炀帝不如隋文帝的意思。隋炀帝读了，虽然气得要命，但文章明里是赞颂自己的老子，也就不好马上对他怎样，但朝廷里的人已经看出皇帝要收拾他了。薛道衡的朋友也提醒他注意，可他就是不听。

一次，朝廷讨论制订新的法令，好久没有结果。薛道衡便在下面散布说：“如果高颎（jiǒng）不死，新法早就制定而且实行了！”高颎是隋文帝的宰相，后因得罪了隋炀帝，被处死。隋炀帝得知后，怒不可遏，当即给他定了一个“悖（bèi）逆”的罪名，命他自尽。人们常说：“欲加之罪，何患无辞？”薛道衡只是个读书人，手中没有一兵一卒，怎么能叛逆造反呢？从薛道衡的悲剧，不仅可以看出他的性格特点，还可以看出那个时代的恐怖与隋炀帝这个皇帝的残酷。

第二个故事：与“人日”有关的故事

历史上有记载，说是薛道衡被隋文帝所派出使当时南朝的陈国时，赶上正月初七过“人日节”。“人日”是我国古代的节日之一，传说女娲创世，用六天时间造出了鸡、狗、猪、羊、牛、马，第七天造出人来。所以农历正月初七作为人的生日，称作“人日”。后来就有了“人日节”。据说这天要进行占卜，后来逐渐发展为庆祝、祭祀等活动，有时还登高赋诗。

薛道衡出使陈国后的一天，正是“人日节”。陈国的文武百官都向后主陈叔宝朝拜。一位老臣奏道：“隋朝使者薛道衡来访好长时间了，皇上还没见他。”同时还说，薛道衡是北方著名的诗人。后主听说薛道衡是个诗人，就答应立即召见。薛道衡拜见毕，后主说：“听说你是北方著名的诗人，那就请献一首诗吧！”薛道衡毫不客气，稍加思索，就高声念道：“入春才七日，离家已两年。”听罢，后主与群臣哈哈大笑：“这也是诗吗？”薛道衡什么也不说，继续大声念道：“人归落雁后，思发在花前。”这下，朝堂立刻安静下来。后主品味了一会儿，拍手说道：“好诗，名不虚传，名不虚传！”从此，后主特别崇拜薛道衡的诗文。《隋书》上记载道：“江东雅好篇什，陈主尤爱雕虫，道衡每有所作，南人无不吟诵焉。”这个真实的故事，从一个侧面反映出薛道衡诗文的高超艺术。

赏　析

很明显，这是一首思乡诗。但与其他的思乡诗相比，有其独特之处。

一、明明是夸张，却令人深信不疑

开头两句就使人觉得有点怪：“入春才七日，离家已二年。”怎么过年才七天，就说离家已经二年了呢？不少评论的文章，竟然说这两句写得“笔调平淡，似乎不带什么感情”。其实，正是这两句引人深思。这两句诗，是说他出使陈国刚刚七天？还是说他在年前就到了陈国，年后就想家了？还是说他到了陈国已经两年了，所以今年过年仅仅七天就想家了？不管怎么说，这两句诗只能说明他想家想得厉害。但是，仔细琢磨，就觉得诗人话中有话。大家都知道有一副春联叫“一夜连双岁，五更分二年”。是说大年夜的前一段时间还是头一年，紧接着后一段时间就是第二年了。所以，可以断定，开头二句就告诉读者，诗人薛道衡是在年前出使陈国的，可陈后主接见他正好是在“入春”后第七天的“人日”。这两句恐怕是想告诉后主：你在这个“人日节”接见我，挺好呀！但我告诉你，我在你的国家已经住了两年了！这当然是夸张，但后主还能怀疑他的说法吗？

再看后两句“人归落雁后，思发在花前”。从表面上看，这也是夸张：一般情况下，任务完成后才想回家的事，可诗人偏要说：我从到了你们陈国那天起，就想着赶紧回家了；现在雁群都飞向北方了，我还在这儿干什么呀？“思发在花前”是说，诗人在春花将开之前，他就陷入思念家乡的折磨之中。由于人们都有过这种体验却不会表达，所以才佩服诗人这种人文情怀与艺术素养。

二、四句诗两两对仗，两两对比

从形式上讲，“入春才七日”与“离家已二年”是工整的对仗：“入春”对“离家”，是动宾对动宾；“才”对“已”，是副词对副词；“七日”对“二年”，是名词对名词。

“人归落雁后”与“思发在花前”看起来似乎并不对仗。其实这是一种省略式对仗。试把省略的部分加上去，看看会是怎样的：“人归落雁后”，即是“人归落于雁飞后”；“思发在花前”，即是“思发抢在花开前”。请看，“人归落于雁飞后”与“思发抢在花开前”这两句，岂不也是很工整的对仗吗？这恐怕也是诗人在运用对仗手法上的一种创造吧！

从内容上看，“入春才七日”与“离家已二年”是鲜明的对比：比如，这个“才”字，是表示诗人来到陈国的时间：本来他觉得时间很长了，可是屈指一算，原来仅仅来了七天呀！这说明客观事实是“短”，而主观感觉却是“长”。

再说“已”字。“才”字明明说明他来到人家这里时间并不长，而他还是不相信这是真的，心想：那为什么我觉得来了已经够两年的时光？这又说明客观事实是“短”，而主观感觉是“长”。这就是真与假的对比。在诗人心中，“短”是假的，“长”才是真的。至于“人归落雁后”与“思发在花前”之间的对比及其奥妙之处，恕不赘述，就留给读者思考吧！

三、寓意不言，任人评说

这首诗一向都获得很高的评价。因为人们都结合自身的经历，结合他们读到的其他思乡的诗文，从不同的方面，对这首诗进行解读与欣赏。比如，人们会联系王维佳节思念“兄弟登高”，联系李白月下思念“故乡”等。可是，这首诗有无弦外之音，诗人从未说起。诗一旦写出来，就任人评说了。据此，我们要想，他是不是暗示陈后主：我为什么急于回家呢？因为我们隋统一了北方，我们那里繁荣昌盛，欣欣向荣，令我朝思暮想呀！另外，他是不是还暗示陈后主：雁群都离开这里向北飞去了，你还等什么？快归顺我们隋朝吧！我们这样分析，也不是凭空想象，因为史书上记载，薛道衡访陈，是在隋灭陈之前，薛道衡访陈很可能有劝说陈归顺隋朝的任务。后来，由于陈后主坚持不归顺隋朝，终被隋朝发兵攻打，陈后主兵败投降了。

拓展建议

1.《蜀道后期》是唐代诗人张说所作。试比较他的诗与《人日思乡》的相同点与不同点。

下面是《蜀道后期》原诗与必要的注解。

客心争日月，来往预期程。
秋风不相待，先至洛阳城。

蜀道后期：指作者出使蜀地，未能如期归家。后期，是落后于所预定归期的意思。

争日月：是指同时间竞争。

2. 将《蜀道后期》这首诗翻译为白话文。

3. 你读了《人日思乡》有何感悟？

4. 试写一首表达思念之情的短诗。

咏鹅[1]

骆宾王

鹅，鹅，鹅，
曲项[2]向天歌。
白毛浮绿水，
红掌[3]拨[4]清波[5]。

译 文

一只鹅，
两只鹅，
三只鹅……
它们伸着弯弯的脖子朝天唱歌。
雪白的羽毛漂浮在碧绿的水面，
红色的脚掌拨弄着清澈的细波。

注 释

1. 咏：用诗词来叙述或描写某一事物。咏鹅，就是用诗词来赞美鹅。
2. 项：脖子的后部，这里是指鹅的脖子。
3. 红掌：指鹅的红色的脚。
4. 拨：划动，拨开。
5. 清波：清澈的池水，也就是指“绿水”。

关于作者

骆宾王（约640—?），唐代文学家，浙江义乌人。他与王勃、杨炯、卢照邻一起，被人们称为“初唐四杰”。当时，武则天废去刚登基的中宗李显，另立李旦为帝，她自己出来掌权，想当皇帝。这就引起一些大臣的愤怒。身为开国元老李绩的孙子李敬业，带头起兵反对。骆宾王也参加到反对的行列之中，还为李敬业写了讨伐武则天的文章《讨武氏檄》。这篇文章写得非常好，据说，武则天读后称赞说：“这样的人才，为什么没有发现？这实在是宰相的过错呀！”后来兵败，他和李敬业都下落不明，有人说他被乱军所杀，有人说他出家当了和尚。

为了纪念他，现在的义乌市修建了骆宾王公园。这是一块小小的园地，公园内外成了两个世界：公园外，是喧闹的现代都市；公园内，却是古雅而宁静的地方：美观幽雅的亭台楼阁，曲折别致的小桥长廊，一只只白鹅在湖中游戏歌唱。同闹市中相比，是另一幅纯粹而自然的美丽图画。这个公园，也是当初省内唯一的仿唐历史文化公园。公园入口处建有仿唐牌坊照壁。沿着左边的小路走去，就到了相传骆宾王七岁时咏鹅的骆家塘一带。再沿着湖边走，就可以参观骆宾王纪念馆了。

下面讲一个小故事：

小时候的骆宾王，住在义乌县城北的一个小村子里。村外有一个池塘，叫骆家塘。每年到了春天，柳树变绿了，柳丝低垂下来，就像一条条丝带。那池塘里的水特别清澈，好多白色的鹅在水面上游来游去，还不住地唱起歌来。景色优美极了。有一天，骆宾王家中来了一位客人。客人见他长得可爱，而且伶牙俐齿，就很喜欢他。客人还想试试他有何本事，于是就在骆家塘前，指着一群白鹅，要他以鹅为题作诗。骆宾王稍加思索，就吟出了一首诗。这就是我们现在学的《咏鹅》。据说，当年他只有7岁。

赏　析

作者写这首诗时，只有7岁。他那时还是一个孩子，所以一切都是从孩子的角度与心态出发的。你看，他一只鹅一只鹅地数，可是，数到三个时就不数了，因为鹅太多了，数上三个，人们都会知道鹅有好多好多了。再看，鹅本来只会叫，而用孩子的眼光看，就变成了唱歌。“曲项向天歌”一句，形容鹅向天高歌之神态，孩子的观察能力有时比成人细致。

三四两句，写鹅在水中自由玩耍的情景："白毛浮绿水，红掌拨清波。"如果你游过泳，你看到鹅在水里，也许你会想象得更美好呢！你看，一"浮"一"拨"，这两个动作，生动地表现了鹅游水嬉戏的姿态。而且，孩子还注意到让人喜欢的颜色："白毛""绿水""红掌"。请你想象一下：你看着满身白毛的鹅浮在绿色的水上，伸开红色的脚掌，拨弄着微微的清波，那该是多么的高兴啊！这首诗写得这么好，说明骆宾王从小就读书，也学写诗，不然，就绝不会写出这样的好诗来。

拓展建议

1. 这首诗里，写了多少只鹅？理由是什么？
2. 你试着扮演鹅，学鹅在水面上游来游去的样子。
3. 从这首诗里，你能看到哪几种颜色？
4. 鹅和鸭子有何不同？
5. 历史上有一位著名书法家，特别喜欢鹅，你知道他是谁？你能讲讲他的故事吗？

登幽州台[1]歌

陈子昂

前[2]不见古人，
后[3]不见来者[4]。
念[5]天地之悠悠[6]，
独怆然[7]而涕[8]下！

译文

回望过往，
见不到我之前所爱所恨的古人；
展望未来，
也见不到我想象中的后人。
面对着无限的时空，
一个人悲伤落泪。

注释

1. 幽州：古代燕国的都城，即现在的北京市。幽州台，有人说就是黄金台，据说是燕昭王为招纳天下贤士而建的高台。至于这个高台的故址究竟在哪里，争论就多了：有人说在北京的大兴，有人说在河北省定兴县高里乡北章村，等等。
2. 前：过去。
3. 后：未来。
4. 来者：指诗人想象中的后代人。
5. 念：想到。
6. 悠悠：形容时间的久远和空间的广阔。
7. 怆然：怆，读 chuàng；悲伤凄凉的样子。
8. 涕：指眼泪。

关于作者

陈子昂（659—700），唐代文学家，字伯玉，梓州射洪（今属四川）人。少年时是个见义勇为之人，十七八时才懂得发愤读书。后来考上了进士。当时武则天掌权，多次请他给朝廷提建议，最后受武则天的赞赏，给了他一个右拾遗的官，好为皇上出谋划策。后来辞官回乡，结果被陷害入狱，死于狱中。在诗歌创作上，他反对华而不实，矫揉造作，主张自然朴实，表达真情实感。有《陈伯玉集》留于后世。

下面讲讲与他所写《登幽州台歌》有关的两个故事。

第一个故事：诗人登上幽州台

公元696年，契丹反叛朝廷，攻陷了营州（现在的辽宁一带）。武则天派武攸宜率军征讨。武攸宜是武则天的侄子，是大将军。此时，陈子昂在他的军队里是一个参谋一类的官职。武攸宜出身亲贵，根本不懂军事，却目中无人，自以为是。

陈子昂是文武双全的人才，他多次提出自己的作战方案，但武攸宜总是拒绝。结果在与契丹交战时，连吃败仗。

连吃败仗后，陈子昂请求分兵万人给他，亲自作先锋去战胜敌人。但武攸宜还是不准。陈子昂一次次献计，武攸宜一次次拒绝，最后，武攸宜大发雷霆，竟然把陈子昂的官职由参谋贬为军曹，不让他参与重大事务。陈子昂悲愤交集，一筹莫展。

此时，他正在幽州。一天，黄昏时分，他登上了一个高台，据说这个高台就是春秋时代燕昭王修建的招贤纳士的黄金台。他极目远望，天高地阔，顿时浮想联翩；于是，从心底吟唱出一种声音，这就是我们读到的《登幽州台歌》。

第二个故事：燕昭王招贤纳士

说燕昭王之前，我们先说说北京，因为陈子昂写的《登幽州台歌》这首诗与北京有关。原来，远在周代，周武王就把燕山下的一大片土地封给他的一位叫召公的大臣，这就是燕国。战国时，燕国与其他六国并称七雄。而幽州就是燕国的都城。幽州就是以现在的北京为中心的一块地方，所以，人们都认为北京在春秋战国时期就成为都城了。尽管北京这个地方的名称变来变去，但从古到今，一提燕京，人们倒都知道是指北京。“燕京啤酒”这种酒一上市，人们就知道是北京产的啤酒。

据说，陈子昂登上幽州的一座高台，就是缅怀当年战国时期燕国一位贤明君主的。这位君主就是燕昭王。

司马迁的《史记》记载说，燕昭王的父亲听信了一些人的话，想把自己国君的位子传给相国的儿子，结果燕国的其他人不同意，便同相国的儿子打起来了，弄得燕国大乱。

此时，齐国的军队就借口为燕国平定内乱而进入燕国，侵占了燕国的大片土地。结果，燕昭王的父亲和哥哥也死于战乱之中，燕国差点被灭掉。

后来，燕昭王在赵国赵武灵王的扶持下，继承了燕国的王位。他决心要为燕国报仇，同齐国算账。于是，就去请教他的一个大臣郭隗。郭隗给他出的主意，就是招贤纳士。他给燕昭王讲了这样一个故事：

古代有一位国王，派人去买一匹千里马。不久，那个人回来了，献给他的却是一堆说是花五百金买回来的千里马骨头。国王非常生气。可那人却不慌不忙地说："我敢保证，您把这件事公布出去，很快就会有人为大王献来千里马。因为他们会想：死了的千里马还值五百金，那活的千里马不就更值钱了吗?"国王听了那人的话。果然，不久便得到了好几匹千里马。

听了这个故事，聪明的燕昭王立刻下令修筑黄金台，里面放了好多黄金，告诉各国，他要广招天下人才；并且请郭隗到黄金台居住。结果，不少杰出人才都纷纷来到燕国，其中就有来自魏国的著名将领乐毅。燕昭王立刻拜他为上将军。

最后，在乐毅等文武人才的帮助下，燕昭王联合其他几个国家，不仅收复了被齐国侵占的土地，而且把齐国打得落花流水。

赏　析

陈子昂的这首诗写于打仗途中。诗人怀才不遇，屡屡受到打击，眼看报国宏愿成为泡影。于是，借《登幽州台歌》这首诗，把自己失意的境遇与寂寞苦闷的心情，一下子倾倒出来。

一、"前不见古人，后不见来者"的弦外之音

不少评论古诗的专家，总说诗人所说的"古人"是指古代能够礼贤下士的燕昭王，其理由有二：一是他登的是幽州台，而幽州台又是燕昭王所建；二是他现在怀才不遇，当然会想到礼贤下士的燕昭王。

我们觉得这种分析是片面的。

首先，诗人所登的幽州台虽然是古代燕国的故址，但不能肯定他的所思所想，就必须与燕国有关，更不能说只是有关燕昭王的事情。

其次，如果说诗人因怀才不遇而有所缅怀，那也不一定只想到燕昭王一个礼贤下士的国君呀！

那么，这句话应该怎样理解呢？

毫无疑问，诗人登上高台时，置身于茫茫的宇宙之中，必定会产生无穷无尽的遐想。联系自己当时的处境，古代那些有所作为的明君贤臣，当然会浮现在他的脑海中；但那些暴君奸臣，难道就不出现在他的眼前？比如，他也可能想到满腹经纶而又爱国爱民的屈原，于是也自然想到昏庸的楚怀王与忌才妒能的靳尚；他还可能想到刘备的三顾茅庐与诸葛亮的鞠躬尽瘁，想到司马迁的凄苦，想到汉武帝的专横，等等。

所以，诗人见不到的“古人”，应是他所处的那个时代之前的古人，当然，这些古人必然是他所景仰的或鄙视的，而且是与其遭遇有密切联系的古人；但绝不能只限定在燕昭王等一两个人身上。

这样分析，或许更能够接近诗人当时的愤懑与凄苦的心境，也更可以想到那时的掌权者是如何专横跋扈，如何摧残人才啊！

第一句“前不见古人”既明，第二句“后不见来者”所表达的意思也就不言而喻。一是说，将来的人们，他来不及见到了；二是说，即使能见到，也超不过他对古人的想象。所以，他也不去看了，也就不去想了。

其实，这首诗有弦外之音。

因为，使诗人最痛苦的，并非“不见古人”，也不是“不见来者”，而是那些他想见见不着，不想见也得见的今人。可这些今人之中，谁忠谁奸，谁智谁愚，谁才高八斗，谁缺德少才，有谁来评说？又有谁来奖惩啊？

这些使他最痛苦的，他为什么不直接写出来？是不想写呢，还是不敢写呢？如果不想直接写，更能彰显艺术魅力的话，那么不敢写，又是为什么呢？

如果我们仔细想想这两个问题，我们就会佩服陈子昂这位诗人创作艺术的高超，就会了解那个时代的高压与恐怖。于是，也就不难感受这位诗人那种怀才不遇而又无法言说的痛苦与无奈了。

因为，如果他敢把心里的话都说出来，写出来，不要说罢官，恐怕连命都保不住啊！

二、“念天地之悠悠，独怆然而涕下”的无声语言

这两句诗与前两句诗，不仅语气连贯，而且情感相融。念，是想的意思。诗人在写到“古人”与“来者”时，他分明已经“念”了，想了；但他就是不用“念”这个词。这是为什么？你看，那么多而具体的“古人”，他不念；那么值得关心的“来者”，他不想，而虚无缥缈的“天地”倒成了他念念不忘的对象了。这真是不近人情。

其实，这不近人情的写法，正反映出诗人有苦无处诉、有话不敢讲的那种无法形容的寂寞与苦闷。这时的陈子昂，真的是快要憋死了！

你也许会说：这正是诗人的艺术手法。是的，但这种艺术手法不是闭门造车，而是来自诗人的真情实感。

但是，诗人终于“怆然而涕下”了：他哭出来了！他要解脱，他要痛痛快快地哭一场。

他什么也没说，只是在默默地流泪。但是，读者却听到他在自言自语：哭，不犯法吧？而且我是独自一个人在哭哇！我是因为看到这空荡荡的天地，想到这人生苦短，才哭的呀！如果连哭也不让，那你们就随便吧！

不知“悠悠”的“天地”看到幽州台上这位可怜的诗人，会不会顿生恻隐之心呢？难道真的让他感到“叫天天不应，叫地地无声”吗？

所以，不管怎样分析，《登幽州台歌》这首诗的基调是凄苦而悲凉的，它曲折迂回地表现了诗人当时的恶劣处境和寂寞苦闷的心情。

由于旧社会许多怀才不遇的人们，也有过与诗人类似的遭遇与情怀，所以，这首诗获得广泛的共鸣。

现在读这首诗，除了可以帮助我们了解历史，感悟时代兴衰的缘由，还可以启发我们，在一帆风顺与屡遭挫折的情况下，怎样实现自己的人生价值。

三、句式与节奏的音乐美

这首诗的句式和节奏很有特点：一是有整有散，二是有对偶有叠音。

你看，“前不见古人，后不见来者”，这两句就是整句，而且是对偶句。这样的句式正好表达诗人无论想到过去，想到将来，都看不到自己所爱之人的胜利，也看不到所恨之人的失败。由于看前看后，诗人的心情都是一样的，所以句子的字数与结构也都一致。内容决定形式。

“念天地之悠悠，独怆然而涕下”，这两句与前两句比，不仅由两个五字句

变为两个六字句，而且由对偶句变成了不对偶的句子。“天地”是名词，“怆然”是形容词，两个词对不上；“悠悠”是一个形容词，而“涕下”是两个词，更对不上。

有人这样解剖这首诗的节奏：

上两句每句五字，三个停顿，其句式为：

前－－－－不见－－－－古人，

后－－－－不见－－－－来者；

后两句每句六字，四个停顿，其句式为：

念－－－－天地－－－－之－－－－悠悠，

独－－－－怆然－－－－而－－－－涕下。

这种句式、这种节奏，恰到好处地表达了诗人那种想说没法说、想哭无人知的无奈与痛苦。

“悠悠”这个叠音词，不仅写出了天高地阔，更写出了诗人无尽的惆怅。

综上所述，我们终于懂得了，为什么这首诗如此脍炙人口？为什么从它问世以来，就有那么多文人学士，写了那么多分析与鉴赏它的文章？恐怕主要原因就是这首诗是发自诗人心底深处的声音，是诗人创作艺术演奏出来的音乐美，以至不断引起古今中外与诗人有类似遭遇的人们的共鸣。

拓展建议

1. 你可上网查查，幽州台究竟在哪里？

2. 燕山指的是什么地方？

3. 你知道关于乐毅与管仲的故事吗？诸葛亮曾自比于管仲、乐毅，这说明管仲、乐毅是怎样的人？

回乡偶书[1]

贺知章

少小离家老大回，
乡音无改鬓毛衰。
儿童相见不相识[2]，
笑问客从何处来。

译文

（我）年轻的时候就离开了家乡，
直到变成了老翁才回来。
乡音一点都没有改变，
可两鬓的毛发已经稀疏斑白。
孩子们见到我都不认识，
一个个向我围了过来。
他们笑嘻嘻地问道：
“这位客人，您是从哪儿来的呀？”

注释

1. 回乡偶书：这是诗的题目，共两首，我们只选一首。现在把另一首也写在这里，供参考。
   离别家乡岁月多，近来人事半消磨。
   惟有门前镜湖水，春风不改旧时波。
2. 相：不能当“互相”讲，这里的两个“相”字都是指“我”说的。“儿童相见不相识”是说，儿童见到“我”却不认识“我”，并不是说，儿童互相见到却互相不认识。

关于作者

贺知章（659—744），唐代人，他的家乡在浙江。年少时，就会写诗写文。武则天掌权后，他中了状元，是浙江历史上第一位有资料记载的状元。后来做了很大的官。他的字也写得非常漂亮，尤其擅长草书和隶书。现在浙江绍兴和日本，还留有他的墨迹。贺知章生性活泼，自由豪放，善谈笑，好饮酒，当时的人都很羡慕他。他看到李白的诗文后，就称他是“谪仙”（意思是被贬而下到凡间的神仙）。后来与李白成了好朋友，还把李白引荐给皇上唐玄宗。据说，一直到85岁，由于年老体衰，他才告老还乡。他走时，皇上让太子率领好多官员给他送行。

那么，贺知章诗句里的“家”在哪里呢？专家考证，就在浙江萧山蜀山街道思家桥村（也叫史家桥村）。为了纪念诗人，现已改名为知章村了。传说这就是贺知章的出生地。思家桥是思家桥村的一座桥。贺知章的《回乡偶书》，据说写的就是在思家桥旁的事。贺知章回到家乡不久，就病逝了。他活了86岁。

2011年11月5日，来自清华大学、复旦大学、浙江大学、南开大学等高校的国内知名贺知章研究专家、学者聚集到诗人的故乡思家桥村，他们在这里研究怎样继承与弘扬贺知章的人文精神和文化思想，怎样创出一个“贺知章”文化品牌。将来如果有机会，你想不想也去贺知章的故乡看看？

下面讲两个小故事听听。

第一个故事：

贺知章写毛笔字是出了名的，尤其是草书，写起来又好又快，那速度简直像飞一样，无人能比。他喝了酒，写起来更是没完没了，屋里有多少张纸，他都要写完。当时的人无不夸奖。他写的这些字，有的还保存下来了。说不定有机会你还可以看到。

第二个故事：

贺知章爱喝酒也是出了名的。他与朋友一块喝酒时，总要喝得尽兴才肯罢休。有一次，他请李白喝酒，但是没带酒钱。怎么办？他眉头一皱，有了办法，只见他毫不犹豫地解下身上佩带的金龟，就是金子做成的乌龟（当时官员的佩饰物），付了酒钱，与李白开怀畅饮，一醉方休。这就是著名的“金龟换酒”的故事。还有，杜甫写过《饮中八仙歌》，其中头两句就是写贺知章的：“知章骑马似乘船，眼花落井水底眠。”所谓“八仙”，就是指包括贺知章和李白在内的志同道合的八个文人。贺知章官最高，资格最老，岁数最大。诗中说他喝醉酒后，骑着马往回走，那样子就像坐在船上，摇来晃去的；他醉眼蒙眬，眼花缭乱，结果跌到井里去了。但他自己并不知道，大概还以为是回了家呢，于是，就在井里呼呼地睡着了。

杜甫用夸张的手法描写贺知章酒醉后的样子，非常生动地表现出他无拘无束的性格特征。

赏　析

贺知章辞去官职，告老返回乡时，已是 80 多岁的人了。这时距他离乡已有 50 多个年头。《回乡偶书》的“偶”字，不只是说这首诗是偶然写的，而且流露了出作者对诗的看法：诗应该来自真实的生活，表达真情实感。

诗的前两句，写诗人刚到这个熟悉而又陌生的环境中的心情：离家时，风华正茂；现在归来，已是两鬓白霜。更写自己是不忘故乡的：我还是一口乡音，从未改变。可是故乡还记得我吗？这样写，正好为后两句“儿童相见不相识”做好了铺垫。

请注意：后两句是一幅富于戏剧性的儿童笑问的画面。你看，“笑问客从何处来”一句，在儿童方面，这是极其自然而又极其有礼貌的询问；而对诗人而言，却是酸甜苦辣咸，五味俱全。你可以想想，诗人听到后会怎样？全诗只有儿童的“笑问”，却没有诗人的任何回答。这种结尾，给读者留下想象的空间，有“此时无声胜有声”的效果。这种“有问无答”的写法，既表现出诗人写作艺术的高超，更流露出诗人无法说出的内心之煎熬。

全诗通俗易懂，明白如话。没有一点难懂的地方，却对人启发很大。每位读者都可以结合自己的生活经历，体会到这首诗的深刻含义与曲折的思想感情。

拓展建议

1. 你可以根据诗意画一幅画吗？

2. 请说说，儿童“笑问客从何处来”之后，贺知章怎么回答的。

3. 诗人为什么要写成“笑问客从何处来”，却不写成“问道客从何处来”呢？这个“笑”字，好在哪里？

4. 可根据诗意，试演个儿童剧。

咏柳

贺知章

碧玉[1]妆[2]成一树[3]高，
万条垂下绿丝绦[4]。
不知细叶谁裁[5]出，
二月春风似剪刀。

译　文

高高的柳树长满了碧绿的新叶，
轻柔的柳叶垂下来，
就像万条绿色的丝绦。
这细细的嫩叶，
是谁裁剪出来的呢？
原来是二月的春风呀，
它宛如一把灵巧的剪刀。

注　释

1. 碧玉：绿色的玉。这里用来比喻春天嫩绿的柳叶；另外，古代碧玉一词往往代指美女。
2. 妆：装饰，打扮。
3. 一树：满树。一，满或全的意思。
4. 绦（tāo）：用丝编成的绳带；这里指像丝带一样的柳条。
5. 裁：裁剪。

赏 析

《咏柳》是一首咏物诗，写的是早春二月的柳树。这首诗一环扣一环，前两句是描写，写柳树高大的身段与柔美的姿态的：由“碧玉妆成”引出“绿丝绦”。后两句是议论，用设问的方法对春风进行赞美：由“绿丝绦”引出“谁裁出”，又由“谁裁出”引出“似剪刀”来。这首诗值得玩味的地方很多，我们这里只讲它在写作上的两个特点。

一、巧妙而合理的想象

“碧玉妆成一树高”，你看，一下笔，杨柳就成为碧玉美人的化身，这里“碧玉”不只是形容柳树了，她成了文学中的人物形象：南朝（宋）乐府清商曲辞《碧玉歌三首》，其三写道：“碧玉小家女，不敢贵德攀。感郎意气重，遂得结金兰。”由此，“万条垂下绿丝绦”，也立刻变成这位美人绿色的裙带了。“高”字，写美人亭亭玉立，她身材苗条，婀娜多姿；“垂”字，写出她纤细的腰身在微风中轻轻摆动的样子。这是比喻和拟人两种修辞手法的巧妙融合。

“谁裁出”是由“绿丝绦”自然想到的，但这只有诗人才能想到。即使你也能想到，但你说：是谁裁出的？你能想到那无形的“春风”吗？就算你想到了“春风”，你也可能只会说“春风师傅手艺高”，但你可能想不到诗人的妙句。

诗人先把“春风”写成人，因为既然问“谁”，那就是指人了；诗人说“细叶”是春风裁出的，这说明用的是拟人手法。可诗人最后又把春风比作剪刀了，这样春风又变成物了。可是，“剪刀”又需要人来操作呀！那谁是操作者呢？当然是春风。于是，春风又成了人。

这就是诗人艺术想象的整个过程：既巧妙又合理。而诗中出现的一连串的形象，自然天成，毫无雕凿的痕迹。

二、用典却无痕迹

古诗有时用典。用典的作用应该能使读者从中获得更多的知识与受到多方位的启发。但有的诗人用典常常把读者引入迷宫之中，如果读者不了解诗人所隐含的人物或事件，就无法读懂他写的诗。而《咏柳》则不然。比如，诗中的“碧玉”是用了典的，知道这个典故的读者，就会更加喜悦；但不知道“碧玉”这个典故的人也照样可以从自己的角度理解，不会有“满头雾水”的苦恼。

其实，诗中的“绿丝绦”也是有典故的。如果我们读过《南史》，那么就会知道，有个人叫刘悛之，他做过益州刺史，说他“献蜀柳数株”“条甚长，状若丝缕”。说齐武帝把它们种在宫殿前玩赏，说它们“风流可爱”。

贺知章把柳条说成“绿丝绦”，或许暗用了这个典故，但读者看不出一点痕迹来。这就是高超的艺术。

拓展建议

1. 李白写过一首题目是《春夜洛城闻笛》的诗：“谁家玉笛暗飞声，散入春风满洛城。此夜曲中闻折柳，何人不起故园情！”用译文，可以是：是谁家飘出了悠扬的笛声？这声音随着春风荡漾，响遍了洛阳全城。今夜听到这令人哀伤的《折杨柳》歌曲（古诗中常常用“折柳”一词表示别离），有谁能够不油然而生思乡之情呢？

这首诗前两句也是写景，后两句也是议论。你能联系《咏柳》说说你的体会吗？

2. 你见过柳树吧？试用通俗易懂的四句诗表达自己的某种情感。

3. 请用比喻和拟人的修辞手法，写你熟悉而又喜欢的某件物品或某种景物。

九月九日忆山东兄弟

王维

独在异乡为异客，
每逢佳节倍思亲。
遥知兄弟[1]登高处[2]，
遍插茱萸[3]少一人。

译文

我独自一人身在异乡，
每到美好的节日，
就加倍地思念亲人。
我在遥远的长安感觉到：
弟弟们今天登高的时候，
一个个佩戴着茱萸，
一定因为少了我这个大哥而感到伤心！

注释

① 兄弟：应指弟弟，不是指哥哥与弟弟；因为王维弟兄共五人，他是老大。

② 登高处：“登高处”三个字中，“登高”是一个词，“处”是一个词。登高，即登上高山，指农历九月九日登高的习俗，这天叫重阳节，也叫登高节。处，当时候讲，不当处所讲。登高处，即指登高的时候。

③ 茱萸：是一种常绿带香的植物，也是中药，据说可以祛病避邪。

关于作者

王维，生于公元 701 年（或 699 年），卒于 761 年。盛唐时期的著名诗人，字摩诘，官至尚书右丞。原籍祁（今山西祁县），后迁至蒲州（今山西永济）。他年轻时中过进士，当过给事中（五品官，能接触皇帝的奏章）这样的官。安禄山叛军攻陷长安后时曾被迫做官。平叛后，降了职，后来又担任尚书右丞，成了四品官。之前，奸臣李林甫执政时，王维由于政治上的不得意，便到了蓝田的辋川，过着亦官亦隐的生活。王维生活在辋川，创作在辋川，死后又葬于辋川。

王维 9 岁时就会写诗写文，琴棋书画样样皆通，其中诗和画成就最高。宋代的苏东坡称赞道："味摩诘之诗，诗中有画；观摩诘之画，画中有诗。"他的山水诗写得更好，与孟浩然合称"王孟"。由于晚年无心仕途，专诚奉佛，所以，后世人称他为"诗佛"。著有《王右丞集》。下面讲两个故事，这两个故事与王维以及王维写的这首诗有关。

第一个故事：王维考进士

王维十五六岁时，就到了当时的京城长安。由于他能诗善画，兼通音乐，所以，很快就在长安站稳了脚跟，不仅结识了不少文人，而且得到了皇亲国戚的赏识。

他 19 岁那年，京城要举行考试，考上进士后便可当官。那时参加考试也得找名人推荐。王维觉得，凭自己的才能考上进士不成问题，但他还想考个第一名。

据说有一个叫张九皋的人，走了公主的后门，公主暗示考官要取张九皋为第一名。王维得知后，就去找欣赏他的岐王，希望得到他的帮助。这个岐王，就是唐玄宗的弟弟李范。

岐王听了，就给他出主意，让他准备一些诗和一首新的琵琶曲，然后岐王领着他去见公主。

古书上说，王维"妙年洁白，风姿都美"，就像我们现在说的"帅哥"。公主一见，十分高兴，迫不及待地向岐王打听王维的情况。岐王却来了个"卖关子"。他说王维弹得一手好琵琶，想让公主听听。于是，琴弦一响，就像"大珠小珠落玉盘"，在座的文人雅士都惊呆了。公主含笑凝视着王维，问他还有什么才能。

岐王趁热打铁，说王维的诗写得好到无人能比的程度。这时，公主就请王维拿出作品供她欣赏。王维把准备好的那些诗（应该包括他写的《九月九日忆山东兄弟》）递给公主。公主一看，大惊道："这些诗我早都读过，我还以为是古人的作品呢，原来是你写的呀！"于是，公主以上宾之礼对待王维。

当时的文人聚会，好像现在的沙龙似的。王维如鱼得水，他语如泉涌，引经据典，诙谐幽默，以高雅的谈吐与渊博的学识，征服了所有的人。

高明的岐王，这时才把王维想考个第一名的事，悄悄告诉了公主。离别时，公主对王维说："你的事，我知道了！"

后来王维不仅考取了进士，而且得了第一名。

第二个故事：重阳节的故事

《续齐谐记》这本书中有一则故事：

汝南人桓景，跟随费长房学道。一天，费长房对桓景说："九月初九那天，你家将有大灾。但有法破解。你让家人各做一个彩色的袋子，里面装上茱萸，缠在臂上，登上高山，再饮菊花酒。这样就可以躲过灾难。"

九月初九这天，桓景一家按照费长房说的去做。傍晚回家一看，结果，家中的鸡犬牛羊都已死亡，而他们因外出而安然无恙。

这仅仅是个传说。其实，重阳节这天人们身插茱萸、饮服菊花酒，使我们联想到端午节的悬挂艾叶、饮雄黄酒的习俗。端午节是春夏交替之时，重阳节则是秋冬交替之时，都是疾病容易流行的时节。

这说明我们祖先有预防疾病的科学思想。茱萸是中药，《中国药学大辞典》解释：本品南北皆可，入药以"吴地"为佳，所以又称吴茱萸。

赏　析

第一句："独在异乡为异客"

有的书上说这句诗是写"年轻的士子独自游历在外，漂泊无依，孤独凄然"的情感。这种说法不妥。为什么呢？因为王维当时在长安不是"游历"，是准备求取功名；不是"漂泊无依"，而是交往甚广；不是"孤独凄然"，而是"艺压群雄"。应是"春风得意"之时。反观现在的某些人，一旦到了繁华富裕的地方，很快就忘掉生他养他的家乡与亲人。对此，读者不知有何感想。

那么，他为什么还要写一个"独"，两个"异"呢？这正是这首诗的奥妙所在。

一个“独”字，告诉读者的至少有两层意思：一是那时只有王维一个人在外，他的亲人都不在身边；二是那时他接触的人再多，但任何一个人，也没有像亲人那样无话不说的感情。

两个“异”字，分明告诉读者，京城虽然美轮美奂，花团锦簇，却并非自己的家乡，它也许能够吸引别人，但无论如何也无法动摇诗人那浓烈的思乡之情。

所以，一个“独”字，两个“异”字，传递的正是王维这位诗人独有的那种纯真的亲情与乡情。

用极少的字，表达极其丰富的思想情感，除了王维，还有几人？

第二句：“每逢佳节倍思亲”

其思路是紧接第一句的。这句中点睛之词，是“每”，是“倍”。一个“每”字，告诉读者，没有哪一个“佳节”不想家的。一个“倍”字，明里是告诉读者，“每逢佳节”他就加倍地“思亲”，暗中却启示读者：一是诗人在京都不仅佳节时“思亲”，而且每时每刻都在“思亲”，只是佳节时这种感情更为强烈了。二是诗人不仅是“思亲”，而且也在思乡呀！因为家乡过节时的那种场面、那种氛围，在京都是感受不到的。

最后两句：“遥知兄弟登高处，遍插茱萸少一人”

这是说，王维在九月九日重阳节这天，格外想念家乡的亲人，尤其是他的几个弟弟。小学语文教师用书里居然说：登高处，就是登上高的地方。这是错误的。这里，“登高”是一个双音词，指登上高山；“处”是一个单音词，指时候。人们往往只知“处”字当处所或地方讲，不知它在古汉语中，有时也表示时间，当时候讲。

李白的《秋浦歌》写道：“白发三千丈，缘愁似个长。不知明镜里，何处得秋霜？”其中的“何处”就当“什么时候”讲。

所以，三、四两句的意思就是，诗人在遥远的京都好像感觉到，他的弟弟们登高的时候，身上都插上了茱萸，他们在说：“今天我们之中，就少了大哥一个人啊！”

你看，明明是诗人自己在思念弟弟，却不说出这种思念的情景，而偏偏要说弟弟们在思念自己。这是一种什么样的写作艺术呢？研究诗词的学者，给它起了个名字，叫“对写法”。

“对写法”即“主客移位法”。是我国古典诗歌中的一种特殊的表现手法。所谓“主”，即抒情的主体；所谓的“客”，即抒情主体所关注的人或物。

诗人在表达主观情感的时候，往往不从自身写起，而是把抒情主体“我”放在客体的位置，把客体放在抒情主体的位置，假想客体对“我”的思念、牵挂等复杂情感。明明是他想着人家，却说人家思念着他；明明是你自己孤独，却说是对方凄凉；明明是我望月思乡，却说是对方看天怀人。

王维这首诗用“对写法”表达自己对亲人的思念，正说明他有高尚的情怀：急他人之所急，念他人之所念，喜他人之所喜，愁他人之所愁。诗人好像对他的弟弟们说：大哥想你们，可以忍着，或者把这种痛苦放在手掌里掰碎，可你们想大哥，该怎么办呢！

所以，“对写法”的本质，并非哪一个文人想出来的写作艺术，而是具有高风亮节的人们，从内心里流露出的一种对他人的深切关爱。

综上所述，这是一首脍炙人口的思乡怀亲的好诗。如果说，前两句是直接表意的话，那么，后两句便是间接抒情。你看，这诗写得真怪：一会儿一个角度，一会儿一种声音。

这是为什么？因为他思念着家乡，他爱恋着亲人，但他不知该如何表达他的这种感情。这是怎样的一种辗转反侧的痛楚，这是怎样的一种揪心撕肺的惆怅啊！

拓展建议

1. 请试用“对写法”写一首短诗或短文。
2. 你还读过王维写的哪些诗？请介绍给大家。
3. 请再想出一首有“处”字而且其中的“处”字当“时候”讲的诗来。

鹿柴[1]

王维

空山不见人，
但[2]闻人语响[3]。
返景[4]入深林，
复[5]照青苔上。

译文

深山之中空旷寂静，
不见人影，
却只听到说话的回声在荡漾。
夕阳的红光斜着射入深林，
又一次照在幽静处的青苔之上。

注释

1. 鹿柴（zhài）：王维辋川别墅之一（今在陕西省蓝田县西南）。柴，通“寨”，指用树木围成的栅栏。
2. 但：只。
3. 响：回声。
4. 返景：指傍晚时太阳通过云彩反射回来的光亮。景，日光。
5. 复：又。

关于作者

下面讲一个让王维一生纠结的故事。

安史之乱时，身为皇上的唐玄宗仓皇出逃，狂奔至四川。

史书上说，玄宗出逃时，王维不及逃跑，做了安禄山的俘虏，而且逼他当官。王维一看不好，就吃了一种药，把嗓子弄哑，用这种办法表示反抗。当时，安禄山把他押入菩提寺，让他吃尽苦头，受尽折磨，最后逼他当了伪官。

安史之乱平定后，王维当然面临审判。那时对待当过伪官的，就像后来对待“汉奸”一样。史书上说，当时，惩办伪官有六个级别，最严重的是杀头，最轻的是流放。那么，王维的命运如何呢？这得从头说起。

原来叛军曾在洛阳的凝碧池大搞庆功会，并逼着唐玄宗的梨园弟子（也就是皇家乐团）为他奏乐。梨园弟子们都思念皇上，一个个泣不成声。其中一个名叫雷海清的乐人，扔掉乐器，面向京都长安，号啕大哭。安禄山大怒，当即下令，残酷地肢解了雷海清。当时，王维正被安禄山拘禁于菩提寺。他听到后，凄然泪下，并作了一首诗，其诗如下：

万户伤心生野烟，
百官何日更朝天？
秋槐叶落深宫里，
凝碧池头奏管弦。

第一句是说，百姓与宫廷都受难，满目烟尘。第二句是说，天子离开了国都，百官流离失所，何时再能朝拜天子呀！第三句是说，宫室荒芜，宫中的槐树落叶纷纷。最后一句是说，安禄山这帮叛贼却在奏乐唱歌，庆祝胜利。

王维受审判时，有人就把这件事向皇上汇报了。皇上唐肃宗（唐玄宗成了太上皇）派人调查，结果得知真有这么回事。皇上当然很感动，再加上王维的大弟弟王缙是刑部侍郎（相当于现在的最高法院院长），也给他说情，于是，皇上便宽恕了王维，只是给了他个降职的处分。

不过，不管在别人眼里还是自己眼里，这总是个污点。所以，王维为此抱憾终生。

赏　析

在安史之乱前，王维就在终南山下购置了辋川别墅，过着亦官亦隐的生活。鹿柴，就是辋川别墅的胜景之一。据说辋川有胜景二十处，王维和他的好友裴迪每到一处，都要作诗。后来编为《辋川集》。这首诗是其中的第五首。

一般的赏析文章中，大多认为这首诗生动地描绘了深山密林中傍晚时分的幽静景色。这是不错的。但，这样说，远远不够。

那么，这首诗到底还写了些什么？下面就谈谈我们的体会。

一、这首诗犹如一支天人合一的交响乐曲

诗的前两句是："空山不见人，但闻人语响。"

商务印书馆出版的《古典诗词鉴赏词典》这样解释："在空寂的山林中，偶然传来几声人语……"显然，作者以为"人语响"就是人说话的声音。

其实，这里的"响"字，当回声讲。初中语文课本有一篇标题为《三峡》的课文，是北魏时郦道元的作品。其中形容三峡猿猴的叫声时，就用了"空谷传响"这个词。课文下面这样注解："空荡的山谷里传来了回声。响，回声。"这个注解非常正确。

王维这首诗前两句写的环境，与《三峡》写的环境类似：都是空旷的山谷，都有回声。区别只在于，郦道元写的是猿猴啼叫的回声，而王维写的是"人语"的回声罢了。

没有"人"，就不可能有"语"；没有"空山"，就不可能有"响"。诗中的"人"，可以是一个人，也可以是几个人；可以是王维的友人，也可以是山中其他的人。不管是谁，他们都与"空山"汇成了一支乐曲。

现在，我们不妨想象一下：这天，太阳刚从东方探出头来，王维已在他的别墅中看书了。突然从空旷的山谷里不断地传来这样的声音："王维——王维——我们来了——我们来了——"王维知道，那是他的几个友人来了。于是，他立刻放下书走到门口，大声应道："听见了——听见了——你们快来呀——你们快来呀——"

刹那间，"王维——我们来了——听见了——王维——你们快来呀——你们快来呀——王维——你们来了——我们来了——王维——王维——听见了——"这样的回声，在深山里迂回曲折，此起彼伏；很久很久，才慢慢停下来。

它既是人的音乐创造，又是美妙的天籁！它是大自然与诗人相融的杰作，它是天人合一的交响乐曲。

也许有人说，回声停了，交响乐曲不就结束了吗？不是的，这乐曲的声音此时又由外面转到屋内了，由山谷回响变作友人相见后的丝丝细语和促膝倾谈了。这里正演绎着“此时无声胜有声”的奇妙旋律呢！

二、这首诗酷似一幅物我一体的奇妙画图

诗的后两句是：“返景入深林，复照青苔上。”景，是阳光，不是我们现在所说的影子。这是说，夕阳的光辉返照在深山中的密林里，与林中的青苔相会了。

请想想，这是一幅怎样的图画呀！夕阳的光辉是红色的，而青苔是绿色的。红绿相间，两色相融，这是多么令人遐想的境界呀！

于是，孩子可能想到，这是一个小女孩儿与一个小男孩儿在玩儿过家家；青年人可能想到，这是傍晚时分，一对情侣在幽会；至于老年人会想到什么，那就由他们自己去吧！

也许你的想象更加丰富，你联系诗的前两句，想到诗人王维与他的友人正在恋恋不舍地告别，你似乎还听到他们又在约定下次相见的时间与地点呢。

当然，有人还会认为，诗人所描写的其实是一种缺憾美，因为这深林中的美好，瞬间便会消失……

所以，这首诗献给读者的，不是一般的只是描绘自然风景的图画，而是一幅物中有人、人中有物的物我一体的奇妙画图。

三、这首诗好像一部明灭相依的人生经卷

不少赏析的文章认为，《鹿柴》是以动写静，意在展现辋川恬静优美的田园风光，表现诗人隐居山林、脱离尘俗的闲情逸致。

我们则另有所悟：

第一，从诗句本身来看，前两句主要写的是动，但，前两句中的“空山”，却又是在写静呀；后两句主要写的是静，但，后两句中的“返景”和“入”，不是也在写动吗？而且，夕阳也在不声不响地移动着。

所以，我们不能主观断定是“以动写静”，从而也就不能说，这首诗旨在表现诗人“脱离尘俗的闲情逸致”。

根据诗句本身所写，结合诗人当时所过的“亦官亦隐”的生活，如果从艺术手法方面讲，我们倒觉得这首诗是动静结合，情景交融。如果从所表达的思想感情方面说，则正好反映了王维当时那种十分复杂的矛盾心理：他既想做官，享受富贵，又想隐居山林，过远离名利的恬静优雅的生活；而结果是哪一种也不好说是实现了，还是没有实现。

其实，这首诗给我们的启发却是：现实与理想是相依为命的，二者须臾不可

离也。关键在于你是否善于选择，能否取舍有度。

第二，王维是信佛的，所以，他的诗多是蕴含禅意的。这首诗就发人深思，对读者多有启迪。特别可以引发我们对事物的明灭、隐现与有无的感悟和思考。

比如，“空山”与“响”之间，可以使我们想到宇宙的静谧与声响，想到社会的喧闹与沉寂；“景”与“青苔”之间，可以使我们想到自然界物与物的离合，想到人与人相逢时的喜悦与分别时的无奈，等等。

而这一切，并非诗人所强求，而完全取决于不同读者对自然、对社会与对自己的不同理解与感受。

第三，王维不仅是诗人，也不仅是画家，也不仅如苏东坡说的“诗中有画，画中有诗”，他还是当时著名的音乐家。所以，这首诗用时髦的词语来说，它具有“三维效果”，启发读者“多角度思维”，等等。

比如，从“空山”与“响”，我们可以思考，那个“人”为什么看不见？从“返景”与“青苔”的会合，我们可以想象“深林”的默默奉献：若不是它的遮掩，夕阳与青苔哪会有如此浪漫的邂逅？

当然，我们还可以解析一下诗中“复”字的深刻内涵。写夕阳的光辉照到青苔之上，就写“返景入深林，照在青苔上”，不就行吗？为什么用一个“复”字呢？这正体现了王维诗作的不同凡响之处。有人说，“复”字说明，头一天已经照过，今天还来照，表示对山林的爱恋。这样讲也有道理，但诗人用“复”字，是否也告诉读者：这个太阳清晨就从东方射来它的光辉，拥抱过林中的青苔；但它还不满足，到了傍晚时分，硬是又来重温这种幽会的美好。

于是，聪明的读者恐怕会想到过去、现在与未来的三位一体吧？会想到宇宙中与我们人的心灵中所固有的忽明忽灭、若隐若现、似有似无的奥秘吧？

以上几点，就是我们读了《鹿柴》这首诗的一些体会。

拓展建议

1. 古诗中写山水的诗词很多，你能想到几首？说说它们的特点。

2. 你读过王之涣的《登鹳雀楼》吗？请说说这首诗的前两句与后两句在表达方式上有何不同。

3. 古文的“但”字，往往当“只”讲，不当“但是”讲。请你举几个例子证明。

静夜思[1]

李白

床[2]前明月光，
疑[3]是地上霜。
举头望明月，
低头思故乡。

译文

井栏前，一片明亮的月光，
却好像是洒在院子里的秋霜。
我仰头，
看着天上的那轮明月；
我低头，
思念着我的故乡。

注释

1. 静夜思：在静静的夜晚，有所思念。
2. 床：不是睡觉的床，也不是坐床，而是指井栏。
3. 疑：好像，不能讲成怀疑。

关于作者

李白（701—762），唐代伟大的浪漫主义诗人，字太白，号青莲居士，又号“谪仙人”。贺知章誉他为“谪仙”，与杜甫并称为“李杜”。由于贺知章的引荐，唐玄宗召李白进宫。李白进宫朝见那天，玄宗亲自迎接，还用七宝床赐他吃饭，亲手调羹。唐玄宗问到一些当世事务，李白胸有成竹，对答如流。玄宗大为赞赏，马上封他供奉翰林的官职，职务主要是给皇上写诗文，以供娱乐。后来遭人嫉妒，玄宗也渐渐不喜欢他了。于是，来了个“赐金放还”，就是给了他一些钱，让他回去。其实，也可能是李白主动辞去官职的。从此，这位性格豪迈、热爱祖国山河的诗人，便浪迹天涯，遍游南北各地，写出大量赞美名山大川的壮丽诗篇。

至于李白的出生地，向来有争议：有的说是四川，有的说是现在的吉尔吉斯斯坦（原属苏联，现已独立）的碎叶城。李白后来在湖北省安陆市住的时间最长，所以安陆的人们特别怀念他。那里有李白的遗迹。比如有座白兆山，也叫碧山，山顶有庙宇，叫白兆寺；那里有李白读书台，太白堂，洗笔池，长庚书院等。

2008 年 10 月，吉尔吉斯斯坦文化信息部部长拉耶夫就对中国媒体表示，伟大的诗人李白的出生地碎叶城，就是现在吉尔吉斯斯坦境内的托克马克市，他们正与中方协商要为李白塑造一个纪念雕像，推动两国的李白文化。过了一年，吉尔吉斯斯坦又派人访问安陆，希望托克马克与安陆两个城市能够以李白为纽带，共同担负起弘扬李白文化的责任，并由此促进其他方面的交流与合作。

下面讲两个有关李白的小故事。

第一个故事：铁杵磨成针

李白从小就非常聪明。据说在 5 岁的时候，就能背诵不少好文章了。而且，只要读两三遍，一篇很长的文章就可以背锝滚瓜烂熟。可是，有一次，大概是由于有点骄傲，老师讲课的时候他贪玩儿了，没背出老师要求的文章来。结果在老师和同学面前丢了丑，他感到很难为情。

这天放学回家的路上，在一条清澈的小溪边，他看到一位白发苍苍的老婆婆正在磨一根很粗的铁杵（也就是铁棒）。汗珠不断地从她的额头上滚了下来。李白感到非常奇怪，心想：“这老婆婆磨那根铁棒干什么呢？”于是，他来到老婆婆的身旁，提出了自己的问题。老婆婆听了，一边继续磨她的铁棒，一边对李白说：“我呀，我要把它磨成一根绣花针呢。”李白感到非常吃惊，问道：“这么粗的铁棒怎么能磨成绣花针呢？”老婆婆看了看李白，说道：“孩子，你记住：只要功夫深，铁杵磨成绣花针！”

这件事给李白留下了很深的印象：他想到老婆婆也许正是故意用这种方式来

启发自己的。他懂得了这是一种坚持不懈的精神。此后他为了专心读书，甚至搬到一所道观中去苦读。就是这种精神，使他成为名垂千古的伟大诗人。

第二个故事：李白捞月

《旧唐书》和《新唐书》中，提到李白之死时，都是一笔带过，都未说明死因。专家们一直在争论：有人认为是得病而死的，有人认为是喝醉而死的。还有一种说法，是醉后溺水而死，或者叫水中捞月而死。

据说一天夜里，李白乘船夜游。他在船里仰望着天空中的月亮，可能还想着"对影成三人"的诗句。但是，天上的月亮无动于衷。夜深了，人也醉了，李白一边唱着歌，一边流着泪。他好像觉得这个世上已经没有了解他的人了。就在此时，他突然看到清清的水波中，一轮明月在同他笑呢。无风时，月亮就变成一个白玉盘；微风吹来，它又变作万点碎银。这是多么美好而又多么神奇的世界呀！这正是他一生所追求的呀！于是，李白伸开双臂，向着水中那轮明月扑去。编故事的说：船夫仿佛看见，刚才还邀他喝酒的李白，骑在一条鲸鱼背上，随着流水而去了。

杜甫写过《梦李白二首》，在诗中，反复提到他对李白的担心，诗中有这样的句子："江湖多风波，舟楫恐失坠"，"水深波浪阔，无使蛟龙得"。这样看来，说李白是醉后溺水而死或者说捞月而死，并非纯是想象。

赏　析

《唐诗鉴赏辞典》（上海辞书出版社）解释说："疑是地上霜"，是叙述，而非摹形拟象的状物之辞，是诗人在特定环境中一刹那间所产生的错觉。为什么会有这样的错觉呢？不难想象，这两句所描写的是客中深夜不能成眠、短梦初回的情景。这时庭院是寂寥的，透过窗户的皎洁月光射到床前，带来了冷森森的秋宵寒意。诗人乍一望去，在迷离恍惚的心情中，真好像是地上铺了一层白皑皑的浓霜；可是再定神一看，四周围的环境告诉他，这不是霜痕而是月色。月色不免吸引着他抬头一看，一轮娟娟素魄正挂在窗前，秋夜的太空是如此的明净！这时，他完全清醒了。《历代诗词名句辞典》（作家出版社）的解释与《唐诗鉴赏辞典》的解释大体上相同："秋天的晚上，我床前照着明亮的月光，起先误以为是地上霜，抬起头来望着天上的月亮，不禁低下头来思念着故乡。"

不仅是这两本书，其他不少书也都认为诗中的"床"就是卧具，而"疑"就是怀疑或恍恍惚惚，弄不清楚。其实，这都是不妥的。

"床前明月光"的"床"，不是指睡觉的床，也不是指坐床，而是指井栏。《汉语大词典》写道：床，同"牀"。它的第四个义项这样解释："井上围栏。"而且引了《乐府诗集·舞曲歌辞三·淮南王篇》："后园凿井银作床，金瓶素绠汲寒浆。"还引了李贺的《后园凿井歌》："井上辘轳床上转，水声繁，弦声浅。"其实，很多唐代诗文中的"床"也当"井上围栏"讲，而且就写作"床"而不是异体字"牀"。如，李白的《长干行》中有"郎骑竹马来，绕床弄青梅"之句，其中的"床"就是"井上围栏"之意。现在还听到有人说"井床"这个词，其实说的就是井栏。所以，这首诗中的"床前"，可能就是指庭院里井栏的正面（南面）。

"疑是地上霜"的"疑"，不能当怀疑讲，只能当好像讲。理由有二：一是因为古代不少有"疑"字的诗句中，"疑"字就当好像讲。如"疑是银河落九天"，是说好像银河从高空中流下来，而诗人绝不会怀疑银河是不是真的从天上落下来。二是《静夜思》中，既然诗人明明知道井栏前是"明月光"，怎么又会怀疑它是"地上霜"呢？

"举头望明月"的"举头"当然是抬头的意思，这正好证明诗中的"床"绝不是指家中的卧具或坐具。因为如果是指它们，那诗人举头看到的只能是天花板，怎么能望到明月呢？须知，古代的窗子是纸糊的，不是玻璃的，所以，躺在或坐在床上，无论怎么"举头"，看到的也只能是屋里的东西。诗人只有在庭院里举头，才可以看到天空中的月亮！

"低头思故乡"的"低头"与"举头"上下高低对应，形象地揭示了诗人内心活动，一幅生动的月夜思乡图，展现在读者的面前。

纵观全诗，我们认为，这天是月明之夜，诗人在庭院里散步。突然发现井栏前面一片月光，好像地下铺了一层白霜。于是，他先抬头望望明月，接着低下了头，思乡之情油然而生。

这样讲，不仅字字有据，避免了主观臆断，而且使庭院、井栏、天空、月光、诗人……融合在一起，构成一种静谧、清冷而又和谐统一的意境，恰到好处地表现了诗人远在异乡、触景思乡的情感。

拓展建议

1. 李白的诗很多，你能背出几首来？会讲吗？
2. 关于李白的故事，你还知道哪些？讲给大家听听。
3. 有人说，诗中的"床"是指胡床；你是怎么想的？可以问问学者。
4. 假设你就是李白，你可以根据诗的意境做一次表演吗？
5. 模仿《静夜思》写一首短诗，或者以月亮为题写一篇短文。

赠汪伦

李白

李白乘舟将欲行[1]，
忽闻岸上踏歌[2]声。
桃花潭水深千尺，
不及汪伦送我情。

译　文

李白乘船准备走了，
突然听到岸上有好多人唱歌的声音。
当他知道这是汪伦来为他送行时，
就激动地吟诗道：
“桃花潭水深千尺，
不及汪伦送我情。”

注　释

1. 将欲行：准备要走但还没走。
2. 踏歌：不是一边走一边用脚打拍子，而是中国传统民间舞蹈，又名跳歌、打歌等。从汉唐到宋代，都广泛流传。它是一种群舞，舞者成群结队，手拉手，以脚踏地，边歌边舞。

关于作者

下面讲两个有关李白的小故事。

第一个故事：

有一本叫《酉阳杂俎》的书写到一件事，说是李白在皇宫常常喝醉。一天，皇上唐玄宗叫李白写诗配乐。李白喝得醉醺醺的，他大笔一挥，就是好多首。玄宗很高兴，就继续请李白喝酒。

这时李白就把脚伸到皇上宠爱的太监高力士的面前，让他给自己脱靴子。还传说，李白让皇上宠爱的杨贵妃给他研墨。这些传说不一定可靠，但你可以想想：为什么会有这样的传说？

第二个故事：

李白在漫游期间，一个叫汪伦的小官，听说大诗人李白正住在叔父李冰阳家里，便写信邀请李白到他家做客。信上说："先生好游乎？此处有十里桃花。先生好饮乎？此处有万家酒店。"李白得知有如此美景与美酒，便欣然而往。他们见面后，李白就急着要看十里桃花和万家酒店。汪伦却笑着告诉李白："我说的十里桃花，是指这里的桃花潭，共十里长；我说的万家酒店，是指一个酒店，这家酒店的主人姓万。"

李白听后大笑不止，他被汪伦的幽默感动了。汪伦留李白连住好几天，每天都以美酒相待，离别时，还送他八匹骏马和不少绸缎。李白深深感激汪伦的盛意，离别时就写了我们选的《赠汪伦》这首诗。

赏　析

"李白乘舟将欲行，忽闻岸上踏歌声。"这首诗一开始就让人纳闷：李白离开时，为什么不是汪伦与李白相随而来？比如，为什么不写"李白汪伦携手行，桃花潭上叙友情"呢？这就值得我们思考了。我们可以这样想象：李白要走了，而汪伦还要挽留；李白执意要走，汪伦便道："如果你真的要走，我可不送！"李白表示："你不送，明天我也得走了！"

第二天，李白上了船，真的不见汪伦的影子。他正在船头纳闷，突然听到了唱歌的声音，接着看到以汪伦为首的一群人从树林里牵着手，边唱边舞地走了出来。原来，汪伦说不送他，是要给他一个惊喜。于是，李白激动万分，感到汪伦送他的这种友情太深太深了，即使是深达千尺的桃花潭水，也不能与这种感情相比。

短短的四句诗，通俗易懂，就像我们平时说话一样，读起来十分亲切。他只是用了一个比喻的方法，就既写出了汪伦的性格特点与他对李白的深厚情谊，更表现出李白当时无比的感激之情。我们读这首诗，应该学习他们这种交友的精神。

拓展建议

1. 关于李白，你还知道些什么？请给大家讲讲。

2. 你还能背李白的哪几首诗？能说说这些诗写的是什么吗？

3. 如果把“桃花潭水深千尺，不及汪伦送我情”改成“桃花潭水深千尺，如同汪伦送我情”，你觉得好吗？为什么？

4. 你能根据诗的意思编成儿童剧吗？在剧中你准备扮演哪个角色？

5. 你能根据诗的意思剪纸吗？

望庐山[1]瀑布

李白

日照香炉[2]生紫烟，
遥看瀑布挂前川[3]。
飞流直下三千尺，
疑[4]是银河落九天[5]。

译　文

在太阳的照耀下，
香炉峰顶上升起了袅袅紫烟；
远远望去，
瀑布像一条长河悬挂在眼前。
从高处飞冲下来的瀑布，
一泻就是三千尺远；
简直就像那银河，
从天的最高层落到山间。

注　释

1. 庐山：位于今江西省九江市北部。
2. 香炉：指香炉峰。因为它的样子很像香炉，所以起名叫香炉峰。
3. 川：河流，这里指瀑布。
4. 疑：好像，不能讲成怀疑。
5. 九天：形容天高。古人认为天有九重（层），九天是天的最高层。

关于作者

李白一生，有好几次来过庐山。他在庐山写了好多歌颂这里秀丽景色的诗篇。安史之乱时，五十来岁的李白正在庐山隐居。

有人说，这首诗就写在这个时期；也有人说，是写在他最后一次到庐山之后。

下面讲李白的一个故事：

安史之乱时，李白虽然过着隐居的生活，但他时刻关注着形势的变化。当时的皇上是唐玄宗，他已经束手无策，只好靠他的两个儿子对付安禄山叛军。这两个儿子，一个是太子李亨，一个是永王李璘。李白得知李璘的军队离他所在的地方不远，于是他便下山投奔李璘。也有材料说，是李璘主动请李白下山的。

哪里想到，唐玄宗的两个儿子之间互相斗起来了。斗的结果是，李亨即位，当了皇帝；而李璘失败，最后被杀。李白也被认为是分裂唐室、从事叛乱的叛逆之臣，被捕入狱。经过审判，就把他流放到夜郎（今贵州省境内）。后来又赦免了他。

此后李白退出政坛，四处漂泊，主要往来于浔阳（今江西九江）与宣城（今安徽宣城）一带。再后来，他到当涂（今安徽省当涂县）投奔他的本家叔父李阳冰。李阳冰那时是当涂县令。李白病重时，把一生全部著作交给了李阳冰。

有材料说，唐代宗宝应元年（762），李白病死于当涂县，享年 61 岁。

有人问：李白有坟墓吗？在哪里？回答：有，李白墓位于安徽省马鞍山市当涂县太白镇青山西麓的太白行政村谷家自然村旁，这个墓距今已有近 1200 年的历史。坟墓用青石砌成，坟墓前竖立一方“唐名贤李太白之墓”青石碑刻，相传为杜甫手书。

2006 年，李白墓被国务院列为第六批全国重点文物保护单位。

赏　析

李白这首诗脍炙人口，历代好多学者都做过解析。我们这里只讲讲这首诗的四个比喻与四个字的妙用。

一、“日照香炉生紫烟”

注解已经说过，“香炉”是指香炉峰。如果不注解，读者可以把它当作香炉理解，也可以有一番说道：你看，太阳照在香炉上，香炉上正升起了袅袅紫烟。但这样说，与后面的“瀑布”就连不上了。其实，李白在这里是暗用了比喻的艺术手法：太阳照射着香炉峰上飘动着的云雾，那云雾就像从香炉里升起的紫烟。

请注意：那可是一座顶天立地的香炉！不然，后面写“疑是银河落九天”，就显得没有根据了。

那么，为什么说是紫烟，而不说是别的颜色的烟呢？这可以看出，诗人不仅善于观察出现在他身边的事物，而且，善于用独特的方式加以表达。原来，李白是早晨去望瀑布的。早晨太阳的红光照在高高的香炉峰上，那时矗立于蓝天里的香炉峰顶，正好飘动着一团团的云雾；红色的阳光、蔚蓝的天空、白色的云雾，这三种颜色融合在一起，展现在李白眼前的，岂不是“紫烟”吗？而香炉里升起来的，为我们所熟悉的，不也正是紫烟吗？李白运用比喻之妙可知矣！

再说“生”字的妙用。“日照香炉生紫烟”这句诗中的“生”字，也可以写成“腾”“升”“蒙”“袅”，等等，为什么诗人偏偏要用“生”字呢？因为，只有“生”字，才可以把香炉峰写活，使香炉峰获得生命，使人感到，那紫烟是有灵性的香炉峰创造出来的。而且，为后面的诗句做了铺垫，即为写瀑布设置了奇特的背景。

二、“遥看瀑布挂前川”

“遥看瀑布”四个字照应了题目。对于“挂前川”三个字，不少书籍与报刊上，或回避不讲，或解释不妥。其实，这句仍然是比喻的手法。川，是指河流；“挂前川”，意思是说，瀑布像一条河流挂在观赏者的眼前。

这句中，“挂”字用得更妙。妙在何处？一是化动为静，暗中又藏着一个比喻，使聪明的读者想到，诗人又把瀑布比成一条悬挂在绝壁上的白色丝绸，为我们绘出一幅壮美的山水画来；二是由“川（河流）”顺理成章地引出后面的“银河”。

三、“飞流直下三千尺”

有人说“三千尺”是“极力夸张，写山的高峻”。这是误解，也证明解析者并未观看过庐山瀑布。我们到过庐山，而且就是站在李白当年望瀑布的地方观看瀑布的。原来，用肉眼看，从香炉峰顶，往下看到下面的潭水，那瀑布的长度足有一千米，即二里，也就是一公里；而三千尺就是一公里呀。所以，这句诗里的

“三千尺”不是夸张，而是实写。再说，如果为了突出“山的高峻”，为什么不干脆写成“三千丈”呢？李白有“白发三千丈”的诗句，那才是夸张呢！

那么，这句里有比喻吗？有。“飞流”两个字就是。这里，“流”是名词，指河流，不是动词。诗人承接上句的“川”，进而把瀑布比作飞奔而下的河流。它的作用不仅是突出了瀑布凌空而下、喷涌飞泻的气势，更重要的是，为最后一句要展示的奇特想象制造了悬念。

这句中的“直”字用得极其形象。

我们知道，瀑布有好多种，有的像万泉喷涌，有的像百花飞溅，而庐山瀑布却不是这样。李白用一个“直”字，写出了庐山瀑布的另一个特点：它的依托是高耸而陡峭的峭壁，它的流速是一冲到底。

四、“疑是银河落九天”

有人问：“难道这句也有比喻吗？”我们的回答是：“是的！”

不少人把这句中的“疑”字理解为怀疑。比如，有的书上写道：“飞流直下的瀑布，使人怀疑是银河从九天倾泻下来。”这是错误的。你想，诗人既然怀疑“银河落九天”，那就是说，原来不是。那岂不是又否定了自己的想象。所以，只有把“疑”字讲成好像，才能表达出诗人那种独特的感觉：

啊呀，这瀑布太神奇了，多像银河从最高的天空落下来的呀！哪里是像呀，简直就是啊！

这句诗中，比喻的本体是从香炉峰直泻下来的瀑布，而喻体则是从最高的天空落下来的银河。这个比喻极其恰当。如果你看过庐山瀑布，你就会看到，那香炉峰笔直陡峭，与蓝天相接，其峰顶有一个凹字形的小口，酷似一座香炉。那瀑布正是从这个小口泻下来的。我们远远看去，那瀑布简直就是从天上落下来的。而从天上落下来的，除了银河，还会是什么呢？

啊！如今的诗人中，能有几个具有这种观察能力与想象能力呢？

我们查过《汉语大词典》。词典中说，“疑”字有时当“类似”或“好像”讲。举宋代陆游《游山西村》诗为例：“山重水复疑无路，柳暗花明又一村。”

“疑是银河落九天”，就是用比喻兼夸张的手法，全面展现出庐山瀑布的壮观。真有惊天地、泣鬼神的力量。啊，银河是天河呀！诗人竟敢调动天河从天而降，来为他钟爱的庐山瀑布助威。但是，不要奇怪，须知，李白是“谪仙”。只有他这样的仙人，才有这样的神通！

这句的“落”字不仅写出了庐山瀑布的起点之高，也隐含着它的响声。诗人用的这个“落”字，恐怕是有意引发读者的想象的。

我们都感受过一个物件从高处落下的情景：看到过它们落下时的样子，听到过它们落下时的声音。但是，银河从最高的天空落到人间的情景是怎样的，那就由读者自己想象了。至于，李白当时的感受如何，那是保密的。你想知道得更多一些吗？那就请你到庐山来吧！

综上所述，《望庐山瀑布》这首诗，反映了李白非凡的观察力与丰富的想象力，炼字精妙，比喻逼真而形象，夸张奇特而惊险。

读了这首诗，我们不仅体会到李白对祖国山河的热爱与歌颂，而且会感受到他那种胸襟开阔、超凡脱俗的精神境界。

拓展建议

1. 李白的诗很多，请把你能背诵还会讲的几首诗介绍大家。

2. 想想，人们为什么称李白为“诗仙”？

3. 读读李白的《秋浦歌》：“白发三千丈，缘愁似个长？不知明镜里，何处得秋霜？”说说其中“白发三千丈”的“三千丈”与“飞流直下三千尺”的“三千尺”，在表达方式上有何不同；再说说其中的“处”字作何解释。

绝句[1]

杜甫

两个黄鹂鸣翠柳，
一行白鹭上青天。
窗含西岭[2]千秋雪[3]，
门泊[4]东吴[5]万里船。

译文

两只黄鹂，
在翠绿的柳树上鸣叫；
一行白鹭，
在湛蓝的天空中展翅。
从窗口向外望去，
西岭雪山上，
是千年不化的积雪；
而门前停泊的，
却是不远万里，
来往于东吴的船只。

注释

① 绝句：古诗的一种名称，共四句。每句五个字的，叫五言绝句（简称五绝）；每句七个字的，叫七言绝句（简称七绝）。这首诗就是七绝。

② 西岭：位于中国四川省成都市西郊，大邑县西岭镇境内，距成都 95 公里。现在已是四川省级风景名胜区，这里有大型高山滑雪场、大型雪上游乐场和大型滑草场、高山草原运动游乐场等。

③ 千秋雪：指千年不化的积雪。

④ 泊：指船停泊在岸边。

⑤ 东吴：古时候吴国所占领的地方，指现在的江苏省一带。

关于作者

杜甫（712—770），唐代人，字子美。他的祖先是襄阳（今属湖北）人，后来迁居到河南巩县（今河南巩义）。由于官场腐败，他没考上进士，于是漫游各地。三十几岁的时候，在洛阳遇见了比他大 11 岁的李白。当时的李白已是天下闻名的大诗人了，杜甫只是个会写诗的小伙子；用现在时髦的话说，他就是李白的忠实粉丝。他俩一见面，就成了好朋友。杜甫赞扬李白："笔落惊风雨，诗成泣鬼神。"文学史上，把他俩合称"李杜"。

后来，杜甫在当时的京城长安住了将近 10 年，生活贫困，于是逐渐接近老百姓，对老百姓的生活状况有了较深的认识。

常听说有个安史之乱吧？就是指当时镇守边疆的两个大将，一个叫安禄山，一个叫史思明，他们联合起来造反的事。这个安史之乱，乱了七年左右，最后结束了：安禄山被他的部下所杀，史思明被自己的儿子杀死。

安禄山的叛军打到长安后，杜甫逃至陕西的凤翔，谒见了唐肃宗。后来，杜甫虽然做过几次小官，但始终未受到重用。他觉得做官没什么意思，就到了四川的成都，在浣花溪上盖了个草堂，人们称它"浣花草堂"。

后来他的朋友严武当了大官，就推荐他为检校工部员外郎。如果与现在的官比较一下，他就相当于国务院某一个部管工程建设的副司长。以后书上如果看到"杜工部"这个词，就应知道，那是指杜甫。晚年的杜甫全家离开了四川，结果在湘江途中病死。

现在，全国好多地方都有纪念杜甫的墓地、祠堂、遗址、纪念馆等。如，河南巩义市有杜甫故里纪念馆；湖南耒（lěi）阳有杜甫墓、杜工部祠、杜陵桥、杜陵书院等遗址，是湖南省重点文物保护单位；还有人们所熟悉的四川成都杜甫草堂……

现在讲杜甫的两个小故事。

第一个故事：

杜甫母亲逝世早，所以小时候由姑母抚养。杜甫很贪玩，连板凳都坐不住，据说到了五六岁，连一首诗都记不住。于是，姑母就给他讲爷爷的故事。杜甫的爷爷叫杜审言，是当时有名的诗人，他的诗还受到皇帝的奖励呢。杜甫听了姑母的话，就发愤读书，学习写诗、写文章。传说，他读的书和练习写诗文的草稿，有整整一麻袋。杜甫后来写过这样的诗句："读书破万卷，下笔如有神。"这正好说明他的成就是刻苦学习的结果。杜甫苦读到了七岁，写出了第一首诗，题目是《咏凤凰》。一天，他拿给父亲看时，正巧有两位客人来访，他们也很有兴致地看了起来。客人们看完后，有人就夸赞说："如此佳作，就像出自班固、扬雄（都是汉朝著名的文学家）的手笔呀！"杜甫一生写诗，一字一句都非常讲究，他总是反复推敲，一定要达到自己所说的"语不惊人死不休！"

第二个故事：

革命圣地延安城南的七里铺，有个拐沟沟，叫杜甫川。据说原来这里叫豆腐川，由于杜甫当年路过此处，后来为了纪念他，就更名为杜甫川。原来，安禄山反叛以后，杜甫投奔唐肃宗时，就路过这里。那天，正是中秋节，日头快要落山的时候，杜甫来到一个小村子。刚走几步，迎面碰上一个衣服破烂的老人。老人听他是从京城长安来的，便问："你叫什么名字？"杜甫回答："杜甫。"老人高兴地说："豆腐！那咱是同行，我也是买豆腐的！咱走，回咱那个穷窝里睡一晚上暖和觉，喝一碗热豆浆，吃一块热豆腐……"这天夜里，杜甫添柴烧火，老人忙着点豆腐浆。第二天，做好了两担豆腐，他俩每人挑了一担，就顺着"豆腐川"，向延安奔去。临走，老人把这天卖了豆腐的钱全都给了杜甫做盘缠（路费）。后来，杜甫回忆这次陕北之行，写了《月夜》《望春》等好几首诗，以表示他怀念陕北延安等地的父老兄弟对他的深情厚谊。

延安人也没忘记这位爱国诗人，他们把他走过的这条川叫"杜甫川"。宋代的范仲淹还在杜甫歇息过的石崖上，亲笔题了"杜甫川"三字，后来人们就把这几个字深深地刻在其上，现在还完完整整，清晰可辨。

赏　析

这首《绝句》是在成都的浣花草堂写的。安史之乱平定后，杜甫的好朋友严武镇守成都，杜甫也回到他的草堂。那时，他的心情很好，当他看到院内、院外一片生机勃勃的景象，一下子诗兴大发，就写下了这首流传不朽的短诗。

当时他共写了四首"绝句"，我们选的是其中的一首。

这首诗至少有五个特点：

一、色彩搭配得非常美

你看：黄鹂，是金黄色的；翠柳，是碧绿色的；白鹭，是纯白色的；青天，是蔚蓝色的。别忘了，船，停泊在什么地方呀？那是泛着绿波的江水呀！还有“千秋雪”呢！那又是怎样的颜色呢？而且，你还要注意，这些颜色又是互相映衬的：“黄”与“翠”相衬，“白”与“青”互映……共同绘制出一个五彩缤纷的春天！

二、动静结合得非常好

你看：翠柳是静景，但黄鹂鸣于翠柳，则是动景；青天是静景，而白鹭上于青天，则是动景。而且，鸣，作用于我们听觉，是婉转悦耳的声音；上，作用于我们的视觉，是展翅高飞的英姿。这是何等令人陶醉的生机盎然的一幅图画呀！

三、有远有近，有高有低

你看：西岭的千秋雪，是远景；门前的江水与船只，是近景。白鹭上青天，是高处的景物；黄鹂鸣翠柳，是低处的景物。远与近各有千秋，高与低交相辉映。诗人写景，由近及远，由下而上，自自然然，潇潇洒洒，毫无故意雕琢之嫌。

四、巧用数字

你看：黄鹂，是两个；白鹭，是一行。船，是从万里而驶来；雪，是虽千年而不化。诗中用了一、二、千、万这样的数字，由小到大，由少到多，非常恰当地展现了诗人当时越来越愉快、越来越开阔的情怀！

五、情景交融

以上赏析是分解，现在我们联系全诗，试着窥视诗人的心海，聆听聆听诗人的心声。

先看前两句。黄鹂鸣翠柳中的“翠柳”，恰是初春万物萌生的时空中，极有代表性的植物与颜色。而且，黄鹂的鸣叫声，又给人一种清脆悦耳的感觉。不仅如此，黄鹂还是成双成对的。你说，这时诗人会想到什么呢？上青天中的“白鹭”，这个动势，写出了大自然的蓬勃生气。看吧：蓝天万里，白鹭在这辽阔的天际中飞翔，而且又是很有秩序的“一行”。这又会使读者想到什么？

最后看末两句。

“窗含西岭千秋雪”，这是写诗人凭窗远眺，由于是晴天丽日，所以才能看到西岭上的皑皑白雪。一个“含”字，一下子把西岭雪山嵌入诗人的窗棂之中，成为一幅奇妙的画图。诗人用他的神来之笔，把那么远的景物展现在我们的眼前。看看，诗人的胸怀是何等的广阔，多么的包容！

对于“门泊东吴万里船”一句，有两种说法。有的说，船是从“东吴”来的，有的说，船是往“东吴”去的。但，不管怎么说，都说明那时战乱已经平定，交通也已经恢复。一个“泊”字，恐怕是说自己多年漂泊不定，现在总算有了一点还乡的希望吧。即使家乡再远，哪怕是万里之遥，也有了盼头。

纵观全诗，如同四幅独立而又连贯的图画。而这图画正是诗人内心情感的自然流露：草堂院内翠柳的颜色与黄鹂的鸣叫，带给诗人愉悦的心情；而愉悦的心情，又使他由近及远、由低到高地仰视而远眺，看到了空中展翅的白鹭，看到了门前的航船，最后望到了远处千年不化的雪山。而此情此景，既赐予他舒畅与快乐，又撕扯着他心灵深处那些极其复杂的丝丝缕缕。

拓展建议

1. 你读了这首诗，觉得有哪几种颜色？根据是什么？

2. 你见过黄鹂与白鹭吗？

3. 这首诗前两句里有两个表示动作的词，你找到它们，说说它们好在哪里。

4. 这首诗的前两句与后两句，都好像一副对联；你能说说哪个词与哪个词搭配吗？

5. 你读过杜甫写的其他诗吗？请背诵并讲给大家听听。

江畔独步寻花[1]（其六）

杜甫

黄四娘家花满蹊[2]，
千朵万朵压枝低。
留连[3]戏蝶时时舞，
自在娇[4]莺恰恰[5]啼。

译文

黄四娘家旁边的小路上开满了鲜花，
千朵万朵的鲜花压得花枝都低下了身子。
蝴蝶不停地在花丛中，
恋恋不舍地嬉闹舞蹈；
黄莺也自由自在地恰恰鸣叫，
那声音娇滴滴的，
婉转动人。

注释

① 江畔独步寻花：在江边，独自一人一边散步，一边赏花。
② 蹊（xī）：小路。
③ 留连：也写作“流连”，就是舍不得离去。
④ 娇：可爱的样子。
⑤ 恰恰：拟声词，这里形容黄莺悦耳的鸣叫声。

关于作者

这首诗的写作背景，同《绝句》一样，写于安史之乱平定之后。那时杜甫的好朋友严武镇守成都，杜甫也回到了他成都的浣花草堂。

这里讲一个与草堂有关的真实的故事：

所谓杜甫的草堂，其实就是屋顶上覆盖了几层茅草的房子。这年旧历八月，秋风不停地呼啸，杜甫茅屋顶上的草被大风刮得到处都是：有的刮到了池塘边上，有的挂在了竹林梢头。他赶紧拄着拐杖出来，想把这些茅草再捡回来。可是，他刚一出门，就看到邻村一群顽皮的小孩，抱着他的茅草，一边笑着，一边跑着，最后消失在竹林之中。杜甫不断地喊："回来，那是我房上的草啊！"可是，回答他的只有呼呼的秋风。傍晚，风停了，但是乌云却布满了天空，不一会儿，不大不小的雨就连续不断地下了起来。

杜甫回到屋里，他的儿子正在睡觉。他伸手摸摸被子，冰冷冰冷的，硬得像铁一样；而且儿子把被里都蹬破了。再看屋里，由于屋顶上的茅草被大风刮走了好多，结果是外面下大雨，里面下小雨，整个屋子没有一点干的地方。

安史之乱以来，杜甫就很少睡眠，这个夜晚对他来说，是多么漫长呀！可是，杜甫却想起了遭遇比他更糟的人们。他自言自语地说："如果哪一天能有宽大结实的房子，让天下挨饿受冻的人住进去，不怕风不怕雨，那时，只是让我的房子破烂，让我一个人受冻，直到死去，我也会感到满足！"

赏　析

有人这样赏析这首诗：小路上花团锦簇，花下的枝条被压得垂下来，花瓣之上是流连忘返的彩蝶与恰恰鸣叫的黄莺，它们活泼自在的神态，能给人一种轻松愉悦的感觉。在花旁的小路上，"恰恰"这个极富韵律的字眼，使得全幅明丽纷繁的画面充满了动感，也使得诗歌更明快、更流利的节奏。

从这段文字看，赏析者好像认为，诗人这首诗是在渲染春天的美好景色，写了"黄四娘家"的小路，又写了"千朵万朵"的鲜花；写了"流连忘返的彩蝶"，还写了"恰恰鸣叫的黄莺"。总之，写的是美好春天的各种事物。至于诗人写这首诗的用意何在，主旨是什么，赏析者似乎并未涉及。

我们认为，杜甫这首诗主要是写花的。诗人是想让春天的美好与它的勃勃生机，通过他所描写的花体现出来。这种写法既折射出了诗人“语不惊人死不休”的艺术追求，更反映了诗人与众不同的审美情怀。下面就说说这样分析的理由。

一、杜甫的这首诗是他写的《江畔独步寻花》七首绝句中的第六首

诗的题目，就明明告诉读者，诗人在“寻花”，而并未说他在寻小路、寻蝴蝶、寻黄莺呀！所以，离开写花的这个主旨，来赏析杜甫的这首诗，就可能喧宾夺主。

二、看看这首诗每句话的含义以及各句话之间的关系

第一句是“黄四娘家花满蹊”。是说在黄四娘家的小路上，诗人寻到了花。仅仅是“花满蹊”三个字，诗人就好像告诉人们：“啊，我在这里找到了最理想的花了！你看，这里的花都连成片了，多得连小路都占满了。”所以，这第一句诗，是用正面描写的方法，直接显示了花的数量之多。

第二句是“千朵万朵压枝低”。这句诗仍然是直接描写花的。“千朵万朵”一词，除了再强调花的数量之多外，还暗示花的种类之多；不仅如此，还用“压枝低”，来突出花的硕大与浓密。一个“压”字，写出了花朵的力量与傲慢；一个“低”字，诉说出花枝的苦衷与无奈。你看，杜甫运用起拟人手法来，是多么的娴熟！总之，这句诗主要是在突出花之浓之密。

第三句是“留连戏蝶时时舞”。这句诗，诗人不仅仍在肯定花之浓之密，更在突出花之艳之香。如果还用正面描写的方法直接去写，可以写成“花朵馨香而艳丽”。显然，这样写实在索然无味。而杜甫却独辟蹊径，运用了侧面描写（也叫间接描写）的方法。侧面描写这种方法不仅能填补正面描写难以言说的空白，还能淋漓尽致地呈现所写对象的鲜为人知的妙处。那么，诗人是怎样表现花的艳丽与馨香的呢？请看：

“留连”是形容蝴蝶飞来飞去，就像舞蹈那样，恋恋不舍。可是，我们要问：它们是在什么地方飞来飞去？而且为什么还舞蹈起来呢？毫无疑问，它们是在花丛之中，是在花朵之上呀！原来，能够吸引蝴蝶的，正是花的艳丽与馨香。

诗人明明是在写花，但在词句里不直接写花的任何特点，却用“戏”“舞”“时时”“留连”这些词语，不厌其烦地去描写蝴蝶的表现。有人正是不了解诗人的这种艺术手法，所以在赏析时，才离开了花去讲蝴蝶的美丽与它对春天的贡献。

第四句是“自在娇莺恰恰啼”。这句诗与第三句的写法一样，仍然是侧面描写。“娇”，可以使读者想象黄莺柔美的身姿或撒娇的样子；“恰恰啼”，可以使读者感受黄莺悦耳的鸣叫声；“自在”，或许可以使读者同黄莺一样，在这广阔而美丽的花海中随心所欲、自由自在地遨游。你看，诗人一个劲地描写黄莺的欢快，似乎把他好容易寻到的花都忘记了。其实不然。诗人如此着力描写黄莺，其主要目的仍然在表现他情有独钟的花呀！

黄莺是长着翅膀的，它想飞到哪儿就飞到哪儿，它想在哪儿鸣叫就在哪儿鸣叫。可现在，黄莺竟然不住地“恰恰”鸣叫，是什么原因呢？细心的读者当然会领悟到：啊，原来是这个花的世界在呼唤它的歌喉哇！

总之，诗的三、四两句，不仅暗示出花之多、花之浓、花之密，而且也暗示出花之艳与花之香来。否则怎能让那么多的蝴蝶恋恋不舍地翩翩起舞，又怎能使那么多的黄莺自由自在地不住声地鸣叫呢？

三、这首诗的艺术成就与它所要表达的诗人的情怀

1. 运用多种艺术方法，从不同角度显示事物的特点

这首诗，除运用了拟人与侧面描写的手法外，还运用了对偶、叠词、互文等修辞格。如第三句的“留连戏蝶时时舞”与第四句的“自在娇莺恰恰啼”，就是非常巧妙的对偶；其中“时时”与“恰恰”，都是叠词，非常贴切地反映出蝴蝶不停地翩翩起舞的欢乐，十分感人地写出了黄莺动听的鸣声。如果仔细琢磨，你就可以发现，这两句诗中，还暗用了互文的方法：你看，说蝴蝶在“留连”，其实暗中告诉读者，黄莺也在“留连”，否则它为什么不住地“恰恰”啼叫呢？同样，说黄莺“自在”，其实也悄悄地告诉我们，蝴蝶也很“自在”，不然，它为什么要“时时”起舞呢？

2. 用生动的艺术形象，激发读者的想象力

这首诗所展现的意象有三个：一个是“满蹊”的“千朵万朵压枝低”的花朵，一个是不停地翩翩起舞的蝴蝶，另一个则是不住地恰恰啼叫的黄莺。读者如果把这三个意象合起来想象，就可能在你的眼前闪现出一个广阔的大舞台，而这舞台是由无数硕大浓密而又芬芳艳丽的层层叠叠的花朵搭成的。于是，你的眼前很快就会出现好多位舞蹈家，他们在舞台上翩翩起舞，好像正在伸着彩色的衣袖招引他们的同伴，也来分享这花的世界。与此同时，你也一定会看到有无数位歌唱家，他们正在这花的舞台上引吭高歌，似乎在呼唤其他歌唱家，快来这花的舞台上，一展自己的歌喉。

3. 在这首诗里，诗人是导演，也是演员

诗题中的“独步寻花”这四个字，已经透露出诗人在诗中所扮演的是引领者的角色，也就是导演。这且不说，现在只看诗的三、四两句，就可以想象到，在这首诗里，诗人着力写的，既不是花，更不是蝴蝶与黄莺，而是他自己。诗人分明已经置身于花的世界之中：他沿着黄四娘家的小路慢慢地踱步，他被“千朵万朵压枝低”的花的舞台所吸引，接着他与花中的蝴蝶和黄莺同台演出了。那“留连”那“自在”的，难道仅仅是蝴蝶和黄莺吗？那“时时舞”那“恰恰啼”的，难道会少了已经如醉如痴的诗人杜甫吗？所以，我们赏析这首诗的时候，不得不佩服杜甫这位“诗圣”，他真做到“语不惊人死不休”。于是，我们觉得，用“情景交融”“借景抒情”这样的陈词定见来评价杜甫的诗，那无疑是对诗人的一种亵渎。

拓展建议

1. 杜甫写过好多忧国忧民的诗，你知道的有哪几首？

2. 提到杜甫，人们总会想到“三吏三别”这个词儿，你知道它指的是什么吗？

3. “会当凌绝顶，一览众山小”这两句诗出自哪首诗？它的作者是谁？

4. 你会背诵杜甫的《茅屋为秋风所破歌》吗？

游子吟

孟郊

慈母手中线，
游子身上衣。
临行密密缝，
意恐迟迟归。
谁言寸草[1]心，
报得三春晖[2]！

译文

慈祥的母亲为将要远行的儿子缝制衣衫，
那针脚密密相连，
怕只怕迟归的儿子衣衫破烂。
啊！谁敢说春天小草的感恩之心，
能报得完春天阳光的恩典？

注释

❶ 寸草：指春天的小草。

❷ 三春晖：指春天的阳光。三春，即是指春天。因为春天有三个季节：孟春、仲春、季春。晖，指阳光；不能写作辉。

关于作者

孟郊（751—814），唐代诗人，字东野，湖州武康（今浙江德清）人。现存诗歌 500 多首，大多是五言古诗，没有一首律诗。代表作有《游子吟》。

下面讲讲孟郊的故事：

孟郊从小就死了父亲，是在母亲的关怀与教育下成长的。那时候想要有出息，就得参加科举考试。唐代的考试非常复杂，一般来说，考上进士才能当官。而参加考进士的人太多太多，录取率却很低，100 个人录取 1 人到 2 人。孟郊连考两次都没考上，他非常失望，准备不再参考。可是，他的母亲一再鼓励他，让他发奋读书，最后再考一次。他听了母亲的话，终于在第三次考试时考上了进士。据说那时考上进士的，要举行宴会。喝完了酒，泛舟池上，听歌看舞。举行宴会前的几天，进士们还要骑马列队，从大街上和河边上走过。这就是所谓的骑马游街。

孟郊考上了进士那年，已经是 46 岁（有人说是 45 岁）了。从下面他写的《登科后》一首诗中，可以看出当时的情景：

昔日龌龊不足夸，今朝放荡思无涯。
春风得意马蹄疾，一日看尽长安花。

但是，孟郊没有马上当官，直至 50 岁时，才让他任溧阳（今属江苏常州）县尉，在县官手下管理治安一类的事情。后来他又转到洛阳当官。

他在溧阳上任不久，就派人把年老的母亲接来。据说，这首《游子吟》，就是母亲来到的头一天晚上写的。

孟郊一生的遭遇很苦：早年丧父，中年丧妻（他前后结婚两次，没几年妻子就死去了），老年丧子（他共有过 4 个孩子，最大的只活了 10 岁，其余只活几个月就死了）。

60 岁时，因母亲逝世，辞官。

母亲死后，孟郊的身体很不好。他的《秋怀十五首》的第十首诗是这样写的：

幽苦日日甚，老力步步微。
常恐暂下床，至门不复归。

后来，有朋友推荐他做更大一点的官，他同意了。但途中突然得病，死去了。

孟郊一生最大的爱好与成就在于写诗。

元代的大诗人元好问给孟郊起了个“诗囚”的名号：“东野穷愁死不休，高天厚地一诗囚。”那意思就是，孟郊被诗歌所囚禁而不能挣脱。这说明，孟郊对诗的酷爱到了难以割舍的地步。他自己就写过一首题为《夜感自遣》的诗，可以证明元好问送她的名号很有道理：“夜学晓不休，苦吟鬼神愁。如何不自闲，心与身为仇。”

韩愈是孟郊最好的朋友，对他的诗评价极高。孟郊比韩愈大 18 岁，他俩是忘年交。韩愈曾多次写信、撰文、赠诗给孟郊，孟郊死后的墓志铭就是他写的。

赏　析

古今表达母爱的诗很多，其中最能引起无数读者共鸣的，恐怕就是孟郊的《游子吟》了。

先说“慈母手中线，游子身上衣”

这里写人的关键词语是“慈母”和“游子”，写物的关键词语是“线”和“衣”。这样写就使母亲的针线与儿子的衣衫连在了一起，人与物的结合，写出了母子相依为命的骨肉之情。联想到诗人早年丧父的遭遇，就更加撞击读者的灵魂。

再说“临行密密缝，意恐迟迟归”

这两句集中描写慈母为将要远行的儿子缝制衣衫的动作细节与此时此刻的心理活动。

母亲的手在一针一线地缝着，这一针紧挨着那一针，线线相连，细细密密。这是写母亲的动作细节。

那么，母亲为什么要密密地缝呢？

原来，她是担心儿子一旦远行迟归啊！要知道，那时有钱人远行可以骑马，像孟郊这样的人只能靠两条腿。儿子远行后，往往几个月甚至几年都可能音信全无。

其实，母亲的内心是盼望儿子早点归来呀！可她又知道，这可不是由她决定，也由不得儿子呀！因为儿子此行不是去学习知识与本领，而是去求取功名。而这一切都关系到儿子一辈子的事啊！

母亲只是这样想啊想，却没有说一句话，没有流一滴泪。但是，一片深深的母爱却温暖着每一个读者身心，催人泪下。

这里请读者注意：母亲“临行密密缝”这个动作，是孟郊看到的呀！“意恐迟迟归”这句话，也不是母亲自己说出来的，而是孟郊这个儿子想的呀！所以，这首诗所传递的，更有儿子对母亲的深情！

最后说“谁言寸草心，报得三春晖”

这两句诗，孟郊用了三种修辞手法：

一是比喻。他把母亲对儿子的大爱比作春天的阳光，把儿子对母亲的感恩比作春天刚刚长出来的小草。诗人把自己比作小草，意思在说，小草是在阳光哺育下生长出来的；现在小草长出来，正是为了报答阳光哺育它的恩情啊！

二是对比。这个对比又有两个层次。

第一层：春天的阳光与春天的小草对比：尽管小草为大地送来些许绿色，但与给世界（包括小草）献出温暖与光明的阳光相比，就显得非常渺小。

第二层：儿子的报恩之心与母亲的慈爱之心相比：尽管儿子倾其所有来关怀与报答母亲，但与母亲倾其一生对儿子的牵挂相比，就显得不值一提。

三是反问。这句话如果用白话陈述出来，就是这样：儿子小草般的感恩之心，是报答不完母亲那像春天太阳一样的光辉的。而如果用白话反问句表达，则是：儿子小草般的感恩之心，怎么能报得完母亲那像春天太阳一样的光辉呢！诗人用这种句式不仅写出母爱的伟大，更是写出了儿子因无法报答母爱的那种极其痛苦的心情。

所以，这首诗与其说是书写母爱的感人之作，不如说它更是表达母子相互牵挂的经典诗篇。还想加一句：这首诗是从诗人心底唱出的一支母亲爱儿子、儿子爱母亲的颂歌。

拓展建议

1. 现在的浙江德清县城武康镇，有孟郊故里。那里有东野古井和孟郊祠。那里还有春晖公园，园内有“慈母春晖”长幅浮雕，镌刻了现代著名作家冰心亲笔书写的《游子吟》。你如果旅游，可以去看看。

2. 你能根据诗的意思编成一个故事，讲给大家听吗？

3. 现代诗人汪国真写过几句诗：

我们也爱母亲
但和母亲爱我们不一样
我们爱母亲是溪流
母亲爱我们是海洋

请你说说自己的体会。

赋得[1]古原草送别

白居易

离离[2]原上草，
一岁一枯荣[3]。
野火烧不尽，
春风吹又生。
远芳[4]侵古道，
晴翠[5]接荒城。
又送王孙[6]去，
萋萋[7]满别情。

译　文

茂盛的古原上的草啊，
一年一度枯萎，
又一年一度繁荣。
野火休想把它们烧尽，
因为春风吹来，
它们又蓬勃而生。
野草的芳香，
弥漫着远方的古道；
艳阳映照下的绿色，
连接着古道旁的荒城。
又一次送别我的挚友，
就连茂密的绿草啊，
也饱含着惜别的深情！

注　释

① 赋得：借古人诗句或成语命题作诗，诗题前一般就加“赋得”二字；后来也成了科举考试命题作诗的一种方式。此诗是诗人准备科举考试而拟题的习作，所以也加了“赋得”这两个字。“赋得”的意思，类似咏物诗的“咏”。

② 离离：形容草长得茂密繁盛的样子。

③ 一岁一枯荣：形容古原上的草，一年中有一度枯萎，也有一度繁茂。

④ 远芳：草香远播的意思。

⑤ 晴翠：草木在阳光照耀下的碧绿色。

⑥ 王孙：原指帝王子孙，后来多指游子、远行之人或被送别之人。这首诗里的“王孙”就指被送别之人。

⑦ 萋萋：指青草繁盛缤纷的样子。

关于作者

白居易（772—846），唐代伟大的现实主义诗人，字乐天，号香山居士，祖籍太原，曾祖父时迁居下邽（邽，读 guī；今陕西渭南县），出生于河南新郑。白居易被称为唐代三大诗人之一（另两位是李白与杜甫）。因他与元稹共同倡导新乐府运动，所以并称“元白”，又与刘禹锡并称“刘白”。白居易的诗歌内容接近普通百姓，题材广泛，形式多样，语言通俗易懂。曾任翰林学士、左拾遗、左赞善大夫，当过杭州刺史与苏州刺史。公元 846 年，白居易在洛阳逝世，葬于香山。有《白氏长庆集》传世，代表诗作有《长恨歌》《卖炭翁》《琵琶行》等。

下面讲一个故事：

白居易年轻时去长安游学。一天，他拿着自己的诗去拜见当时的著名诗人顾况。顾况是当时享有盛名的诗人，宰相李泌的好朋友，任著作郎，掌管撰写碑志、祝文、祭文等。那时拜访他的人很多，但能够得到他赏识的人却很少。这天，顾况接见了小青年白居易。据说，他看到“白居易”这个的名字后，就开玩笑地说：“长安城里的粮食很贵，居住下来可不那么容易啊！”据宋·尤袤（mào）《全唐诗话·白居易》记载：“乐天未冠，以文谒顾况，况睹姓名，熟视曰：‘长安米贵，居大不易。’”接着，顾况看白居易写的诗。当他看到一首诗时，马上改变了态度，说道：“有诗如此，居亦何难！”这首诗就是大家熟悉也是我们下面要介绍的《赋得古原草送别》。

赏　析

这是白居易第一次赴长安应考的作品，也可以说是他的代表作。这首诗的题目是“赋得古原草送别”，意思大概就是告诉读者，诗人是在送别朋友时咏唱古原草的，或者说是借咏唱古原草来表达友情的。其最大的特点，恐怕是表面上只写春草的无限生机，实际上在写一曲生命的颂歌。顾况所以赏识这首诗，大概也在于此。

一、四位一体的表达艺术

我们读到的诗词多是运用两种以上的表达方式，而且往往是相对独立的。比如，前两句是描写，后两句是议论或抒情。当然，它们之间也是有内在联系的。但在一首短诗中，能够兼用叙述、描写、议论与抒情四种表达方式，而且又使四者融在一起，丝丝入扣，环环相连，这种写法实属罕见。下面对此稍作分析。

先看前四句：“离离原上草，一岁一枯荣。野火烧不尽，春风吹又生。”

这四句合在一起看，很明显，是叙述古原草的情况，但它又是诗人充满感情色彩的评论；而其中的“离离”“枯荣”“野火”“春风”，却又是典型的描写呀！这就是说，诗人是在告诉读者古原草特点的同时，让读者感受到古原草春秋的变化，感受到呼呼的火苗，感受到一缕缕的春风；在这种感受的过程中，体会诗人对春草勃勃生机的赞美与弦外之音。

再看后四句：“远芳侵古道，晴翠接荒城。又送王孙去，萋萋满别情。”

这四句中的“远芳侵古道，晴翠接荒城”，粗粗一看，只是写景而已。但仔细考虑，就会感到诗人对古原草真是爱到了极点：啊，你闻，古道上弥漫着野草的芳香，而且是越远越香；你看，那荒城上艳阳与绿草相映成趣，一片生机。这岂不是又把诗人的情感与看法融入景色之中吗？至于“又送王孙去，萋萋满别情”这两句，除本身是议论与抒情相结合外，其中“萋萋”又明显是写景。而且，更重要的是，这两句与前六句相承相应，成就了诗人无心雕琢纯乎自然的四位一体的表达艺术。

二、人在画图里，情在春草中

这首诗其实是一幅春的画图，是一曲春的赞歌。但这图这歌，并不借助色彩，也不借助音符，而是借助语言。运用语言画画，运用语言作曲，这是何等不可思议的艺术呀！当你读到“离离”“枯荣”“野火”“春风”“远芳”“晴翠”“萋萋”这些词语，再把它们连在一起时，你不觉得它们是一幅充满春的色彩与气息的画图吗？而“烧”“吹”“生”“侵”“接”“送”这些表示动作的词语连在一起，却像一个个的音符，为我们奏响了春的田野交响乐。

但你千万不要忘记，为我们创造出如此美好画图与音乐的不是别人，正是我们的诗人白居易呀！你看：“又送王孙去，萋萋满别情。”是谁去送“王孙”呢？是谁“满别情”呢？是“萋萋”的春草吗？当然不是。诗中的“人”，正是诗人这个人；诗里的“情”，也正是诗人的情啊！是我们的诗人，同广阔的田野联袂，组成了春的明丽画图；还是我们的诗人，同大自然的天籁合璧，谱写出春的交响乐曲。这岂不是“人在画图里，情在春草中”吗？

三、百川归海，众星捧月

这首诗异彩纷呈，令人应接不暇。因为诗人熟练地运用了各种艺术手段，集中表达他心中的一个跳跃着的思想。这些艺术手段有摹绘，有比喻，又借代，有拟人，有对照，有对仗，有双关，有炼字；还有动态描写，有静态描写；有情景交融，有画龙点睛，等等。下面只举几个例子加以浅析，其余请读者自行参悟。

例一，先说说对仗与对照。比如，“野火烧不尽，春风吹又生”这就是对仗兼对照的句子。野火与春风、烧与吹、尽与生，它们既是对仗，又是对照。前者是恶狠狠而烟尘滚滚，而后者是暖洋洋而生机勃勃。两相比较，就使读者领悟到在任何考验下，生命都是顽强的。

例二，再说说拟人与情景交融。“又送王孙去，萋萋满别情”这两句是点睛之笔，诗人终于露面了：原来是他在送别友人啊！你看，明明是怀着满满的依依不舍的送别之情，却偏要说有这种送别之情的是“萋萋”，而不是自己。而“萋萋”一词在这里是借代浓绿而繁茂的春草的。你想，在那样的时空中，连“萋萋”都在恋别，更何况诗人呢？就这样，诗人之情与“萋萋”之景融在一起，结果是你中有我，我中有你。这又是出色的情景交融。啊，不管野火有多凶，春草是烧不尽的；不管考验有多少，友谊是永恒不变的。

以上所说的一切艺术手法，恰似无数的河流，它们的一路欢歌，正是为了汇入永不消逝的大海之中。又宛如无数的星星，它们的闪光，正是为了映衬月亮的灿烂与辉煌。

至此，诗人心中那团跳跃的思想终于显现在我们的眼前：春光无限，生命不息。而且，这大自然的光明和温暖，与人类生命的瑰丽和顽强，又紧紧拥抱在一起，合唱生命的颂歌。

拓展建议

1. 关于白居易，你还知道哪些？请你给大家讲一讲。

2. 臧克家的《有的人》一诗中，暗用了白居易的诗句，你能说说吗？

3. 据说白居易诗写好后，有时要读给老婆婆听。请你想想这是为什么。

4. 有一首诗叫《钱塘湖春行》，其中有这样的句子：“乱花渐欲迷人眼，浅草才能没马蹄。”你知道这是谁写的？会讲吗？如果不会，请你查查书或向别人请教。

忆江南[1]

白居易

江南好，
风景旧曾谙[2]。
日出江花[3]红胜火，
春来江水绿如蓝[4]。
能不忆江南？

译　文

江南多么美好啊！
久违的美景，
如在眼前。
太阳升起时，
江边的鲜花，
像火焰一样灿烂。
春天到来时，
清澈的江水，
绿得如同蓝草一般。
啊，
这怎能叫我不怀念江南？

注　释

1. 忆江南：词牌名，又名“梦江南”“望江南”“江南好”等。这首诗中的江南，主要指长江下游的江浙一带。
2. 谙（ān）：熟悉。史书上记载，白居易年轻时曾三次到过江南。
3. 江花：长江边的花朵。也有人说，指长江里的浪花。
4. 绿如蓝：绿得比蓝还要绿。蓝，指蓝草，它的叶子可制青绿染料。

关于作者

现在讲一讲与《忆江南》有关的一个真实的故事。

白居易是诗人，也是一个好官。他曾任杭州刺史，由于他为官清廉，又为老百姓做了很多好事，所以，杭州人民对他特别爱戴。后来，白居易辞去官职，回到家乡。有一天，白居易走进书房，拿起书桌上两块杭州天竺山的石头欣赏起来。突然，心里不舒服，觉得自己做了一件亏心事：怎么能白白拿走属于杭州人民的珍宝呢？于是，他提笔写了一首自责的诗："三年为刺史，饮冰（表示清苦）复食檗（檗，读 bò，一种植物，味苦；食檗，指生活艰苦）。唯向天竺山，取得两片石。此抵有千金，无乃伤清白。"意思是说，他在杭州当官本来很清廉，只是拿了两块石头而感到有伤自己清廉的名声。

不久，他的挚友刘禹锡登门拜访。临走时，刘禹锡偶然看到书桌上的那首诗，说道："区区两块小石头，你何必放在心上呢？不必，不必！"白居易意味深长地对刘禹锡说："可那石头是杭州人民的石头，是天竺山的宝贝；我怎能据为己有呢？况且，如果来天竺山游玩的人都把天竺山的石头带回家，那还会有天竺山的美景吗？当时我只想带回来做个纪念，现在看来，这就相当于拿了百姓的千两黄金呀！"听了白居易的话，刘禹锡很受感动，也很惭愧。

赏　析

这首词写作的具体时间，历来说法不一。我们这里不去考证它。但有一点是清楚的，那就是作于白居易离开杭州很长时间之后。

这首词在写作艺术上，至少有两个方面值得注意。

一、如同高级摄影师一样，善于选取最有吸引力的画面

说到江南的景色，简直是目不暇接。可短短的五句话，怎么可以让读者欣赏到江南的美好呢？别急，诗人心中有数。

"日出江花红胜火"，这句诗描写旭日映照下江边的鲜花，说鲜花红得胜过火焰。请注意：这句诗只用了七个字，就给读者呈现出三个意象来：一轮红日、

无数朵鲜花与跳跃着的火焰。这三个意象，无论单独拿出哪一个，都很美好；而诗人却让它们相融为三位一体的画面，互相映衬。于是，就构成了春花怒放生机勃勃的景象：温暖而艳丽，艳丽而浓烈。

同样，“春来江水绿如蓝”这句诗，也为读者呈现出三个意象来：温暖的春天、碧绿的江水与晶莹的蓝草。它们交相辉映，相得益彰，于是形成了绿水荡漾、碧波千里的壮观。

不仅如此，“日出江花红胜火”与“春来江水绿如蓝”这两句又相辅相成，融为一体。上句是日映江花红，下句是春染江水绿。红绿相间，红绿相映，这是江南独有而其他地方罕见的奇观啊！

你不觉得诗人是高级摄影师吗？

二、善于综合运用多种表达方式与修辞手法

从表达方式上看，“江南好，风景旧曾谙”，这是叙述；“日出江花红胜火，春来江水绿如蓝”，这是描写；“能不忆江南”，这是抒情。

从修辞手法上看，“日出江花红胜火，春来江水绿如蓝”，这是比喻，同时是对仗（即对偶），也是绘色；而“能不忆江南”，则是反问。

但多种表达方式与修辞手法的综合运用，并非刻意而为，而是诗人对江南无比怀念与特殊向往之情的自然宣泄。

主题是“忆江南”，所以，就应告诉读者“忆”的理由，于是就用了叙述的方式：“江南好，风景旧曾谙。”既然说到“风景”，就应让读者喜欢你所熟悉的风景，这就得运用描写的方式：“日出江花红胜火，春来江水绿如蓝”。而描写的目的就是引起读者的兴趣，从而也爱上江南。要想如此，就要写得绘声绘色，引人入胜。于是，诗人掌握的比喻、绘色与对仗等修辞手法就派上了用场。

尤其是反问的修辞手法，用在最后，不仅极其自然，而且有极大的诱惑力；给人感觉是，如果你不去江南看看，那简直是一辈子的遗憾。试想，如果最后一句用了陈述句“时时忆江南”或“日夜忆江南”等，能有前面说的那种效果吗？而且，“能不忆江南”与“江南好”首尾照应：因为“好”之又好，所以才“忆”之无尽；由于“忆”之无尽，可见其“好”之又好。

拓展建议

1. 白居易的《忆江南》共三首，我们选的是第一首。那两首你知道吗？下面是《忆江南》的第二首与第三首，请你读读；也请找找有关材料，细细体味。

第二首是：江南忆，最忆是杭州。山寺月中寻桂子，郡亭枕上看潮头。何日更重游！（这是写杭州）

第三首是：江南忆，其次忆吴宫。吴酒一杯春竹叶，吴娃双舞醉芙蓉。早晚复相逢！（这是写苏州）

2. 杭州的西湖有“白堤”与“苏堤”。你知道它们都是谁主政杭州时修的吗？

3. 我们知道的名句中，有“此时无声胜有声”，还有“天长地久有时尽，此恨绵绵无绝期”。你知道它们各出自哪首诗吗？作者是谁？

悯[1]农（二首）

李绅

锄禾日当午，
汗滴禾下土。
谁知盘中餐，
粒粒皆辛苦！

春种一粒粟[2]，
秋收万颗子[3]。
四海[4]无闲田[5]，
农夫犹[6]饿死！

译 文

（第一首）
烈日像火一样的中午，
农民却还在锄地；
他们的汗珠，
不停地滴进禾苗下的泥土中。
谁能想到啊，
我们盘碗里的饭食，
每一粒都饱含着农民的辛苦啊！

（第二首）
春天只要播下一粒种子，
秋天就能收获很多的粮食。
可是，
全国没有一块荒废的田地，
为什么种田的农民，
却仍然会活活饿死？

注 释

1 悯：怜悯；这里有同情的意思。
2 粟：小米一类的粮食。
3 万颗子：指好多好多的粮食；子，指粮食的颗粒。
4 四海：指全国。
5 闲田：指没有耕种的田地。
6 犹：还，仍然。

关于作者

李绅（772—846），唐代安徽亳（bó）州人，生于今浙江省湖州市。李绅幼年丧父，由母亲教他读书。青年时，看到农民终日劳动却常常挨饿的可怜情景，心里十分难过，于是就写下了《悯农》诗。他27岁中了进士，后来到首都长安，做了很大的官。但做大官后，就再没有写出关心农民的作品，其他影响大的诗也很少再听说过。而且，李绅做官期间，很贪婪，也很残暴，不爱护百姓，结果人们常常担惊受怕，很多人甚至外出逃难。一次，他的下属向他报告说："本地百姓逃走了不少。"他听后竟然说："你见过用手捧麦子吗？饱满的颗粒总是在下面，那些糠皮子就随风而去。这事不必报来。"你看，他把逃难的老百姓比作了糠皮子。可见，人是变化的：年少时很优秀，成年成名后，如果不约束自己，忘了人民永远是我们的衣食父母，那照样可以变坏。这里补充一句话：另有一些史料笔记，说这首诗是另一位悯农诗人聂夷中所作。

下面讲一个小故事：

据说，有一年夏天，李绅回故乡亳（bó）州探亲访友。正好碰上一个叫李逢吉的朋友，他也是个当官的。一天，他俩携手登上城东的观稼台。李逢吉遥望远方，吟了一首诗来，最后两句是："何得千里朝野路，累年迁任如登台。"意思是，如果升官能如登台这样快，那就好了。可李绅注意的却是在火热的阳光下，汗流满地的农夫。于是，他先是吟出"锄禾日当午……"这首诗，接着又吟出"春种一粒粟……"这首诗。

李逢吉听到"四海无闲田，农夫犹饿死"两句时，心想："这不是在揭朝廷的短吗?"顿时，李逢吉肚子里就生出个鬼点子，他想在皇帝面前告李绅一状，好让自己升官。于是，他对李绅说："老兄，你能不能把刚才吟的两首诗抄下来赠我，也不枉我两人同游一场。"李绅说，那两首小诗很短，也好记，不必抄录；他答应另写一首赠给李逢吉。说罢，李绅又提笔写下第三首诗："垄上扶犁儿，手种腹长饥。窗下织梭女，手织身无衣。我愿燕赵姝（shū），化为嫫（mǔ）女姿。一笑不值钱，自然家国肥。"李逢吉看了，喜上心来：他觉得这首诗对朝廷责备得更严重。李逢吉回到京城长安后，立即把李绅写的诗呈给皇上看，说李绅写诗发泄对皇上的不满。可皇上看后没说什么。过了几天，皇上召李绅上殿，不仅没有指责他，反而感谢他让皇上了解到百姓的疾苦，还给李绅升了官。李逢吉呢？皇上把他的官给降了。你看，这个李逢吉偷鸡不着蚀把米。原来，人们只知道李绅写的《悯农》诗二首。据说，这第三首诗，是近代在敦煌石窟中的唐诗抄本中发现的。

赏 析

第一首第一句只有五个字，却写了时间（中午）、太阳、农民、禾苗，以及锄地的动作。这就告诉我们：在烈日当头的正午，农民依然在田里劳作；那一滴滴的汗珠，洒在被太阳烤得火热的土地上。这使人想到，我们吃的每一粒粮食，都是千千万万个农民，用汗水浇灌出来的。这是“粒粒皆辛苦”的具体化和形象化。要不然，“谁知盘中餐，粒粒皆辛苦”，岂不是成了空洞的说教，或者成了无病呻吟了吗？

第二首一开头，说“一粒粟”变成“万颗子”。这分明告诉读者：粮食丰收了。但是为什么会丰收呢？毫无疑问就是由于农民的播种与收割。如果我们把这两句改成“春日一粒粟，秋天万颗子”，就不会有此效果。所以，一个“种”字，一个“收”字，都可谓一字千金。“四海无闲田”是说全国到处是良田，这和“一粒粟”变成“万颗子”联系起来想想，就成了到处硕果累累、遍地“黄金”的生动景象。可是，就在这样的好年成下，“农夫犹饿死”。这是一种控诉：勤劳的农民用他们的双手获得了丰收，而他们自己还是两手空空，而且活活饿死！可见那时的社会，是多么的毫无人道，是多么的不平等啊！

这两首诗，语言通俗易懂，声韵和谐，读起来朗朗上口，而且容易背诵。除了诗的思想感情健康外，这恐怕也是李绅这两首诗长期流传的原因吧。

拓展建议

1. 可讲故事给大家听，也可请大家讲故事。
2. 可以编成歌曲，领着大家唱。
3. 可以编成舞蹈，也可编演成儿童剧。
4. 可以思考：我们吃的东西是从哪儿来的？
5. 可带领学生到农村或郊外看看庄稼。
6. 模仿这首诗，写反映家庭生活的一首诗。

题菊花

黄巢

飒飒[1]西风满院栽，
蕊[2]寒香冷蝶难来。
他年我若为青帝[3]，
报[4]与桃花一处[5]开。

译　文

满园都栽种着菊花，
秋风却飒飒而来。
花蕊花香冷冷清清，
蝴蝶也不来理睬。
以后我若当了春神，
我将下令，
让菊花与桃花同时盛开。

注　释

1. 飒飒（sà）：形容风声。
2. 蕊：花心儿。
3. 青帝：古代传说中的司春之神，即掌管春天的神。
4. 报：告知或命令。
5. 一处：同时。

关于作者

黄巢（820—884），唐末农民起义领袖，曹州冤句（故址在今山东省菏泽市曹县）人。黄巢出身盐商家庭，善于骑射，粗通笔墨，五岁时便可对诗。他曾多次参加科举考试，因当时官府的黑暗而未能得中。后来由于旱灾严重，而官吏又不管百姓死活，于是王仙芝率领走投无路的百姓起义，黄巢积极响应，也在曹州冤句起义。不料王仙芝意志不坚定，想要投降皇帝，于是二人分道扬镳。最终，起义军聚集在黄巢周围，打下了长安，唐僖宗逃跑，黄巢即位，国号“大齐”。

称帝后，黄巢迫不及待地占有了唐僖宗的财富与留在宫中的美女，终日寻欢作乐。结果在唐朝军队的反攻下，黄巢被迫逃亡山东。有人说他自刎而死，有人说被他外甥杀死。

下面讲一个正月十五挂红灯的民间传说：

当年黄巢攻打一座城市时，三天都攻不下来，他气坏了。那时快年了，又下了一场大雪，士兵大多还没有冬衣。于是黄巢把队伍拉到山里，等过了年再打。

年后，家家都做汤圆，过元宵节。黄巢决定亲自进城摸摸敌情。于是，他挑上汤圆担子出了大营，直向浑城走去。

不料，有间谍把他进城这件事告诉了官兵，黄巢一进城就发现四门紧闭，到处喊着：“黄巢进城了！”

黄巢知道不妙，就急忙扔下担子，钻进一家院子里。他正要插上门进屋，见一个老人从屋里走出来。他急忙走过去说：“老人家行行好，把我藏起来吧！”老人点头答应了，赶紧把黄巢领到后院，掀开醋缸盖，让他钻进去，说：“客官，先委屈一下吧！”这时，十几个官兵打开门，闯了进来。一个头目恶狠狠地问：“有个大汉，你把他藏在哪儿了？”老人说：“没人进来！你不信，就请搜吧！”于是，十几个官兵立即进屋去搜，翻箱倒柜，还砸破了不少东西，连醋缸也打破了几个口子，醋流了一院。

官兵走后，黄巢从醋缸里爬出来，只见老人正在缸前落泪。黄巢赶紧走过去安慰：“老人家不要哭了，过两天我赔你几口缸就是了。”老人劝黄巢：“你快走吧，他们找不到人，还会回来的。”黄巢说：“现在天还不黑，到处都是官兵，我从哪里出城呢？”老人说：“你出了这条巷子，钻进对面院子，从后面出去就是天齐庙，你先在庙里藏着。天黑后，顺着城墙往南走，走不远，就有个豁口，你从那豁口出去。”

黄巢发现老人诚实厚道，就大胆地打听说：“老人家，这座城怎么回事，黄巢十万大军攻了三天都攻不破？”老人说：“客官有所不知，这城建在始皇时期，城墙又高又厚，上面还有滚木，两厢还藏有弓箭手。”黄巢进一步问老人：“那就没法子破城了？”老人说：“要进城，就得从我告诉你的那个豁口进来。”

黄巢估计老人已经知道自己是谁了，便干脆说出了真实身份。老人听了却毫不吃惊，说：“我就知道你是黄大将军。”黄巢说：“人家说我吃人不吐骨头，你不怕吗？”老人说：“官家哪有好话呢？我们老百姓可盼着你来呀！”黄巢听了很感动，说：“你记着买几张红纸，扎个灯笼，正月十五挂在房檐上。”黄巢走后，老人悄悄地把这件事告诉了邻居。不久，穷苦百姓家都买红纸扎灯笼。

正月十五晚上，黄巢带着五千精兵，从老人所指的那个豁口悄悄入城，然后来了个内外夹攻，起义军很快就进城了。

只见穷人家门口都挂起了红灯，全城灯火通明。这一夜，凡是挂红灯的家都安然无恙，起义军杀的是赃官老财与土豪劣绅。据说，从那以后，每到正月十五，家家户户都挂起了红灯。

赏　析

黄巢的《题菊花》是一首独特的好诗。它不仅反映了我国劳动人民的豪情壮志，而且显示了农民起义领袖极高的文化修养。历史上有豪言壮语的农民起义领袖为数不少，比如陈胜的“王侯将相宁有种乎”；但写出的诗能够如此文质兼美，无可挑剔，恐怕只有黄巢一人。

这首诗毫不隐晦地表达黄巢推翻旧政权的决心和信心，这种思想与这种气势，恐怕封建社会中的一般文人是无法望其项背的。

有人说，这首诗是黄巢五岁时写的，但根据不足。多数人认为此诗作于黄巢发动起义之前。现在说说这首诗的独特之处。

一、黄巢笔下的菊花形象是前无古人的

古代文人笔下的菊花，其形象多是孤高自傲，耐得起寒冷，经得起考验的，或与世无争的。如，陶渊明的“采菊东篱下，悠然见南山”，周敦颐的“菊，花

之隐逸者也”等。这些都说明菊花的形象，要么是孤高傲世的志士，要么是洁身自好的隐者。而黄巢的菊花诗，却不落窠臼，赋予菊花别样的生命与内涵。

那么，黄巢笔下的菊花是怎样的形象呢?

第一句“飒飒西风满院栽”，是写在飒飒西风中，满院都盛开着菊花：满院的菊花迎着“西风”开放，这分明不仅在渲染菊花之众多，而且更是赞颂菊花的坚强。这一点就与文人的“孤高傲世”，形成鲜明的对比。你看，“满院栽”三个字，就把“孤”字洗刷得干干净净。于是，菊花就成为是劳苦大众的象征。

可是，菊花还有它艰辛而遗憾的一面：“蕊寒香冷蝶难来”。这是说，菊花虽然在秋季里也散发着芳香，但总是冷清凄凉，结果蝴蝶也不来光顾。而那些在春天里开放的桃花等，却享受着风和日丽的大好时光，享受着人间的光明与温暖。这是多么的不公平啊！菊花的这个特点，不也正是劳动人民所处的现实环境吗?

所以，黄巢笔下的菊花正是劳动人民的形象，而这样的菊花形象是前无古人的。

二、抒发改天换地的雄心壮志

三、四两句紧接前两句，寓意明显，也可以说黄巢直抒胸臆，表明他要改变菊花现在的命运，洗刷天底下这种不公平的现象。

怎么改变呢? 要改变，就要找到这种不公平的根源。聪明的黄巢终于找到根源了：原来是“青帝”这个司春之神在作怪！好！那就来个一不做二不休，干脆把原来的“青帝”拉下马，我黄巢来当“青帝”。那时，我说了算，我下一道命令：以后让菊花和桃花在同一时间开放，不得有误！

前面已经分析过，诗中的菊花就是那时千千万万受苦受难劳动人民的化身，而诗中的“青帝”，当然就是指皇帝了。黄巢的雄心壮志显然是要把对劳动人民不公平的皇帝打倒，他来取而代之，还劳动人民一个公平！请注意：让菊花与桃花同一时间开放，这恐怕也正是体现在诗中的农民起义“均贫富”的平等思想。

最后，还要解释解释“一处”这个词语。“一处”就是同时。其中的“处”字，是时候、时间的意思，不是处所的意思。如“最是一年春好处，绝胜烟柳满皇都”。其中“春好处”，就是“春天最好的时候”的意思。

拓展建议

1. 下面这首《菊花》诗也是黄巢写的，据说是黄巢科举落第后写的。请你分析分析这首诗，说说黄巢要表达的意思是什么。

待到秋来九月八，我花开后百花杀。
冲天香阵透长安，满城尽带黄金甲。

2. 下面的《秋菊》诗是陈毅元帅写的，试分析这首诗所表达的思想感情。

秋菊能傲霜，风霜重重恶。
本性能耐寒，风霜其奈何！

3. 古人与现代人写菊花的诗词很多，请你说出一两首来，与大家分享。

元日[1]

王安石

爆竹声中一岁除[2]，
春风送暖入屠苏[3]。
千门万户曈曈[4]日，
总把新桃换旧符[5]。

译　文

在欢乐的爆竹声中，
旧的一年从此告终。
人们喝着屠苏酒，
感受到其中和暖的春风。
在初升太阳的照耀着下，
崭新的挑符挂在了千家万户的门庭。

注　释

1. 元日：农历正月初一，就是现在说的春节。
2. 一岁除：一年过去了。
3. 屠苏：指屠苏酒。古时候的风俗，每年大年三十，家家用屠苏草泡酒，吊在井里，初一取出来，全家喝这种酒，说喝了可以避瘟。关于“屠苏”，还有好多说法，我们不去深究了。“春风送暖入屠苏”是说：春风把暖气吹进了屠苏酒。
4. 曈曈（tóng）：光辉灿烂的样子。
5. 总把新桃换旧符：都用新门神换掉旧门神。桃符是用桃木做成的，据说，古时候每到过年，家家户户都用两块桃木板，画上两个神像，挂在大门两边，说是可以驱除邪恶。总，当都讲；把，当用或拿讲，这里是动词。其实，我们春节贴对联，即来源于此。

关于作者

王安石（1021—1086），北宋著名政治家、文学家、改革家，字介甫，号半山，临川（今江西抚州市临川区）人。列宁曾说：王安石是11世纪中国著名的改革家。历史上著名的“王安石变法”，就是指王安石进行的改革。王安石当过参知政事，后来又升为同中书门下平章事（简称“同平章事”），相当于宰相。他两次担任被重用，结果两次被罢。最重要的原因是当时的保守派势力太大，坚决反对改革。

王安石的诗文写得非常好，他是“唐宋八大家”之一。他的著作集中到《王临川集》与《临川集拾遗》里。

下面讲有关他的两个小故事。

第一个故事：

王安石的父亲也是当官的，当然很重视对孩子的培养。当时人们都夸奖王安石是神童。可他的父亲并不这样看。据说一年的秋天，父亲把王安石叫到屋里说：“大家都说你聪明，有人还说你是神童。我就不信！你看，现在正下着小雨。如果你能让我站到院子里挨雨淋，那我也就承认你聪明！”

王安听了，笑着说：“父亲，下着雨应该坐在屋里，我怎么忍心让您到院子里淋雨呢？”父亲说：“这只能说你不聪明！”

王安石的小脑子里早有了主意，便装作无可奈何的样子说：“父亲，如果您自己一定要站到院子里，我肯定会把您请到屋里来。你信不信？”父亲说：“我就不信！”说罢，站起来就走到院子里去了。

可是，王安石在屋里来回走着，就是不喊让父亲进屋来。父亲等了好久，便催问他：“为什么还不开始？”王安石笑着说：“父亲，这不是让您‘站到院子里挨雨淋’了吗？”父亲这才知道自己上当了，于是赶紧走回屋里。

他刚一进屋，王安石又笑着说：“父亲，这不是，又‘把您请到屋里来’了？”

父亲听了，用手指着儿子，说：“你呀，你呀！”接着自己也笑了起来。

第二个故事：

王安石与苏轼是好朋友，王安石岁数比苏轼大。但苏轼有点自负，也很直爽。据说有一天，他去看望当了宰相的王安石，可是王安石不在。因为他常去，所以王安石府里的人就把他请到王安石的书房。他在书桌上看到王安石写的关于菊花的两句诗："西风昨夜过园林，吹落黄花满地金。"

苏轼想："西风"就是秋风，"黄花"就是菊花。菊花从来是"抱头死"的，怎么会被秋风吹落呢？他认为王安石是闭门造车，大错特错了。于是，他也不管王安石是他的前辈和上级，提起笔来，续了两句，就走了。这两句就是："秋花不比春花落，说与诗人仔细吟。"意思是，菊花可不像春天开的那些花可以落瓣儿的；告诉您这位诗人，请仔细琢磨琢磨吧！

王安石看了这两句诗，又生气，又觉得好笑。为了用事实教训一下苏轼，他就把苏轼贬为黄州团练副使。

苏东坡心想：这是对他的报复，他觉得王安石不虚心，不能接受人的意见。

可是，后来的事情教育了他……

苏轼在黄州住了将近一年，到了九月九日重阳节，这一天秋风刚停，苏轼就邀请他的好友到后花园赏菊。只见菊花纷纷落瓣，满地铺金。

这时他一下子想起给王安石续诗的事，他感到非常惭愧，才知道原来是自己错了。

你可以在《警世通言》这本书里看到这个故事，其作者是明代的冯梦龙，那篇文章的题目叫《王安石三难苏学士》。

赏　析

这首诗写于王安石当了宰相实行改革的日子里，题目中的元日就是指大年初一，不是阳历的 1 月 1 日。

从思想内容上看，很明显，诗人是在写新春佳节万象更新与万家欢乐的动人景象的。但这并非主要的，诗人所要表达的，主要是他进行改革后社会出现的新气象，以及他自己激动而兴奋的思想感情。而从写作艺术来看，主要用的是双关的手法。请看：

第一句"爆竹声中一岁除"，表面上是说，旧年在欢快的爆竹声中送走了；其实隐含的意思是：旧的那套阻碍社会发展的东西已成为过去了。

诗人似乎觉得这一句还不足以表达他的激动与兴奋，于是，他迫不及待地写下了第二句"春风送暖入屠苏"。

春风，迎来了新年，送来了温暖，这毫无疑问是新春的特点；但诗人的笔锋中所藏着的“春风”，可不是一般的风，那是一股改革带来的崭新的社会面貌啊！这“春风”不仅使万物生机勃勃，而且温暖着每一个人的心。

第三句“千门万户曈曈日”中的“曈曈”，表面上当然是指日出时光辉灿烂的景象，但它又恰好象征着改革已经与将要给人们带来的无限光明、无限美好的前景。

最后一句“总把新桃换旧符”，表面上是写当时的民间风俗：人们在过年时，都要用新桃符去替换旧桃符。注解里我们解释过：“桃符”是一种绘有神像、挂在门上的桃木板，据说它有驱除邪恶的作用。诗人借用这个习俗，非常巧妙地赞颂他用生机勃勃的新法取代弊病多多的旧法的举措。

全诗分析完了。请读者想想，诗人写作的艺术是何等的高明！他写这首诗明明是在歌颂他的改革所取得的成绩，明明是在表达他因此而产生的按捺不住的欣喜；但你读罢全诗也不会发现哪一句是歌颂改革的。

现在我们试着把这首诗要表达的意思明着写出来，比较一下它们的效果：

旧年过去新年来，温暖如春入心怀。
千家万户皆庆贺，新法扫去旧尘埃。

请大家想想，如果这样写，王安石岂不是有自吹自擂之嫌吗？

拓展建议

1. 除了这篇文章中写到的，对于王安石，你还知道些什么？

2. 苏轼给王安石改诗，他错在哪里？你读了这个故事，还想到些什么？

3. 你对“新桃”与“旧符”是怎样理解的？现在过春节时，人们家门上都贴什么呀？

4. 王安石还写过一首表达要坚持把改革进行到底的诗，题目为《登飞来峰》。这首诗的头两句是：“飞来峰上千寻塔，闻说鸡鸣见日升。”你能说出后两句吗？你能大概解释一下这首诗的意思吗？

5. 试着用戏剧的方式，把这首诗的内容表演出来。

饮湖上[1]初晴后雨[2]

苏轼

水光潋滟[3]晴方好[4]，
山色空濛[5]雨亦奇。
欲把西湖比西子[6]，
淡妆浓抹[7]总相宜[8]。

译　文

晴天里，
西湖水波荡漾，
在阳光的照耀下，
格外鲜艳，
美丽极了；
而下雨时，
群山笼罩在轻纱般的细雨之中，
朦朦胧胧，
这景色也是非常奇特的。
（我们）应当把西湖比作美人西施啊，
因为那西施，
不管是淡妆，
还是浓妆，
都是适合她的。
也就像不管是雨天，还是晴天，
对西湖来说，
都是非常适合的。

注　释

① 饮湖上：在西湖的船上饮酒。

② 初晴后雨：指苏轼等在湖上饮酒，开始时还是晴天，过了一会儿就下起雨来。

③ 潋滟（liàn yàn）：水波荡漾、波光闪动的样子。
④ 方好：正好，显得最漂亮。
⑤ 空濛：细雨迷蒙的样子。
⑥ 欲：应该或需要，不能讲成想要。“欲把西湖比西子”的意思是，应该把西湖比作西施。西子，指春秋时代越国著名的美女西施。
⑦ 淡妆浓抹：淡妆，形容素妆，不怎么打扮；浓抹，指精心修饰打扮。
⑧ 总相宜：总，当“都”讲；宜，当“适合”讲；相，指西施。

关于作者

苏轼（1037—1101），四川眉山人，宋代文学家，诗人，书法家，画家，字子瞻，号东坡居士，人称苏东坡。他的父亲叫苏洵，他的弟弟叫苏辙。人们经常说的“三苏”，就是指他们父子三人。苏轼一生经历很复杂，当过官，进过监狱；有时，刚刚升了官，不久又被贬了职。苏轼做过好几种官，比如他做过翰林学士，做过杭州的地方官，还做过礼部尚书。后又贬到现在海南的儋（dān）州，历尽折磨与痛苦。他无论到了哪里，都为老百姓办好事，所以，他所去过的地方，都有纪念他的建筑。他学识渊博，诗词文章都写得非常出色，他的书法和绘画也是非常有名的。有评价说：在宋代的官员与文人里，无论品德还是学问，苏轼都是很杰出的。

下面讲讲苏轼的故事，他的故事很多，这里只讲三个。

第一个故事：

苏轼从小就受到父亲苏洵的良好教育。所以，不到十岁，就博览群书，学到了不少知识。于是，自以为了不起了。一年春节，骄傲的他，就写了一副对联，贴在大门上：“识遍天下字，读尽人间书。”

这对联贴出不久，就有一位老者拿着一本书进来，说是登门拜访苏轼，向他求教的。苏轼一看，傻眼了，因为这本书他从未见过；而且书上的许多字，他也不认识。你苏轼不是“识遍天下字，读尽人间书”吗？这下他醒悟了，原来老者是用这种办法来教育自己的。苏轼赶紧向老者认错，并且在原来的对联上各加了两个字，变成了：“发愤识遍天下字，立志读尽人间书。”

第二个故事：

苏轼曾两次在杭州做官，头一次官不大，第二次成了知州，杭州大大小小的事儿，主要由他说了算。原来杭州的西湖杂草丛生，湖水将要枯竭。苏轼发动了20多万人，终于把杂草打捞干净，并用挖出的草和淤泥筑起了一条长堤。后人为了纪念他，就给它命名为“苏堤”。

第三个故事：

苏轼曾被贬到海南儋（dān）州。当时的海南是荒蛮之地，潮湿不说，他住的小屋里是老鼠、壁虎、蟑螂兴风作浪的地方。他多次得病，几乎死去。就在这样恶劣的环境中，苏轼也表现得很乐观。他仍然关心老百姓疾苦。比如，当时海南的黎族非常迷信，他们得了病不去看医生，而是相信驱鬼驱邪那一套；他们的牛也不是用来种地，而是杀掉后用来祭奠神鬼的。苏轼几乎是挨门挨户地劝告他们不要这样，他硬是用道理、用事实，使黎族相信了他。后来黎族人民成了他最好的朋友，他们懂得了医疗知识，牛也不再杀来祭神祭鬼，而是用来耕地了。现在说起苏轼来，海南的老百姓没有一个不伸大拇指的。你知道吗？海南的儋州有个“东坡书院”，有机会你可以去看看。

赏　析

可以猜想，从前有一天，苏轼和他的朋友在西湖上划船饮酒。开始天气晴朗，不一会天阴了，而且下起雨来。杭州的雨不像北方，一般情况下，下的是蒙蒙细雨，出现在你眼前的好像是一层薄纱。他们共同享受了西湖上晴天和雨天两种虽然不同但各有特色的风光：晴天的西湖，展示出它那艳丽无比的风采；而雨天的西湖，又显出它那漂渺朦胧的奇观。总之，在苏轼眼里，西湖打扮也美，不打扮也美。于是，突然之间，西湖顿时变成了一位绝色美女。这美女不是他人，而是人人都知道的我国春秋时代的绝代佳人西施。因为，只有西施才是天生丽质，才可以像西湖那样，淡雅也美，浓艳也美。

请注意：这首诗里，苏轼用了比喻的修辞手法，把西湖之美与西施之美相比，当然无可非议。我们知道，历史上还有不少女子，其美与西施相比，恐怕也差不了多少。但苏轼为什么偏偏要选西施来比西湖呢？是不是有两个原因：一是西施的家乡在浙江，而且离西湖不远；二是西施和西湖，都有个“西”字，这真是个天作之合。至于称西施为西子，恐怕不仅是为了尊重，还与平仄有关系（第三句最后一个字要求仄声字，而“施”是平声字）。现在，西湖也叫西子湖，就是源于苏轼这首诗。

这里还要补充两点：

1. 诗中的“山色空濛”与“淡妆”相对应，“水光潋滟”与“浓抹”相对应。就是说，西湖“山色空濛”时，就好像西施“淡妆”时那么奇妙；西湖“水光潋滟”时，就如同西施“浓抹”时那么艳丽。

2. 不少人对“总相宜”理解不妥。“淡妆浓抹总相宜”是说，无论素装，还是艳装，都适合她。总，就是都的意思；宜，就是适合的意思；相，是“宜”这个动词涉及的对象，这里就是指她，即指西施。意思是，西施是天生丽质，不管打扮不打扮，都美得不得了。

这首诗概括性很强，它不是描写西湖的一处之景、一时之景，而是对西湖美景的全面评价。这首诗的流传，给西湖的景色增添了光彩，也表达了作者喜爱西湖的浓浓之情。请想想，苏轼的这首诗，为西湖吸引来多少中外游客啊！

拓展建议

1. “水光潋滟晴方好，山色空濛雨亦奇”，这样的景致，苏轼是在哪里看到的？你的根据是什么？

2. 这首诗哪几句是写景的？哪几句是议论和抒情的？试着用这种方法写一篇描写景物的短文。

3. 说说西湖和西施有什么共同点？你觉得苏轼把西湖比作西施有道理吗？

4. 苏轼的诗很多，你能背几首？你懂得这些诗的意思吗？

5. 你去过杭州吗？游过西湖吗？说说：你看到的西湖是怎样的？

6. 试试画一幅苏轼游西湖的水彩画。

7. 你最喜欢苏轼的哪个故事？为什么？你还听过哪些苏轼的故事？

夏日绝句

李清照

生当作人杰[1]，
死亦为鬼雄[2]。
至今思项羽[3]，
不肯过江东[4]。

译　文

活着应当做人中的豪杰，
死了也要做鬼中的英雄。
直到现在，
人们仍然怀念项羽；
因为他宁肯战死，
也决不再回江东。

注　释

① 人杰：人中的豪杰或英雄。

② 鬼雄：鬼中的英雄或豪杰。

③ 项羽：秦末时自立为西楚霸王，与刘邦争夺天下。在垓下之战中，兵败自杀。

④ 江东：指长江下游江南一带，项羽当初随叔父项梁起兵的地方。

关于作者

李清照（1084—1155）宋代女词人，有“千古第一才女”之称，号易安居士，山东省济南章丘人。除善于写词外，她也善于写诗，虽然留存不多。她的诗多为感时咏史之作，往往慷慨激昂，与其词风有很大的不同。现在能看到的《漱玉词》与《李清照集校注》，都收集了她的作品。

李清照的丈夫叫赵明诚，是金石家（喜欢钟鼎碑石，是从事古文字学研究的学者），他与妻子李清照到市场上去寻访金石书画，然后买回家里。据说，几年后，他们的书斋里单是钟鼎碑碣方面的文书就有两千卷之多。赵明诚做过官，也善于诗词。现在讲两个有关他们的故事。

第一个故事：

一次，中秋佳节时，赵明诚的好友陆德夫等人来访。陆德夫问赵明诚：“赵兄，近日又有什么佳作？能否拿出来让我们欣赏欣赏？”赵明诚也不谦虚，就把他最近写的词作拿了出来，但他多了一个心眼：就是把李清照写的词也夹在其中，请大家传阅着。

突然，陆德夫拍案叫道：“好一首《醉花阴》，真可谓千古绝唱！”其他人看了也都齐声叫好。原来他们欣赏的《醉花阴》里有这样的句子：“莫道不消魂，帘卷西风，人比黄花瘦。”赵明诚听了，又是高兴，又是惭愧。最后，他告诉朋友，这首《醉花阴》是夫人所作。

第二个故事：

公元1129年，赵明诚上任江宁知府已经一年多后，接到调令，让他转任湖州知府。就在这时，下属带来紧急情报：御营统制官王亦准备投降金人，阴谋叛乱。赵明诚理应报告上级，同时想法平乱。但他的表现出乎意料，竟然在当天晚上，与另两名官员一道“缒城逃走”了，就是从城墙上顺着一根绳子下来，当了可耻的逃兵。竟扔下全城百姓（包括他恩爱的妻子李清照）安危而不顾。幸亏他的下属组织力量，平定了王亦的叛乱。朝廷得知此事后，立刻罢了赵明诚的官。

这件事后，李清照非常痛心，非常羞愧，她不明白自己的丈夫为何如此贪生怕死。后来，李清照与狼狈不堪的赵明诚途经芜湖、当涂，前往江西，船行到乌江镇，这里正是当年项羽兵败自刎之处。于是，她心潮起伏，写下了这首不朽之作《夏日绝句》。

赏　析

先说说这首诗的写作背景：靖康二年，即公元1127年，金兵入侵中原，抓走了宋徽宗与宋钦宗，宋王朝逃跑到江南。对此，李清照已是痛苦万分。不料自己丈夫临阵脱逃，李清照更是感到耻辱。在她路过乌江时，创作此诗，其用意不仅在于歌颂英雄项羽的精神，恐怕在讽刺南宋王朝和自己丈夫吧！

下面说说这首诗的几个特点。

一、起笔惊人，字如钢珠，落地有声

李清照这首诗，起笔就有泰山压顶之势："生当作人杰，死亦为鬼雄。"一个柔弱的女子竟然有这样的气魄，那么堂堂七尺男儿又该如何？这是一种所向无敌的英雄气概，这是一种无所畏惧的浩然正气。无论是"生"，无论是"死"，都有那样一种只能压倒一切敌人，而决不被任何敌人压倒的信心与力量。"当作"这个词语，表现出诗人对人生观的选择：人活着就要活出一个样子，决不能庸庸碌碌，无所作为；而"亦为"这个词语，往往会使读者吓出一身冷汗：人死了还要当英雄？

看到这里，我们不禁会想到这样的句子："死后元知万事空，但悲不见九州同"（陆游）。"生的伟大，死的光荣"（毛泽东）。"此去泉台招旧部，旌旗十万斩阎罗"（陈毅）。于是，读者自会从中受到某种启发，会认真对待自己的生与死。这就是这首诗起笔的力量与智慧所在。

二、结语出人意料，前后呼应，寓意无穷

当你读到"生当作人杰，死亦为鬼雄"两句诗时，你会怎样想呢？你能想到诗人后面的句子吗？

诗人后面所写，是非常巧妙而又极其自然地运用了所写的人、事、物、景与议论、抒情融为一体的手法。人，是项羽；事，是兵败自刎；物，是船与江；景，是战场。议论，是赞扬项羽宁死"不肯过江东"的悲壮情怀；抒情，则集中在"至今思"三个字上。诗人就这样把她心目中伟大英雄的形象呈现在读者眼前，把伟大英雄的精神镌刻在读者心里。于是，"不肯过江东"的项羽便成了生之"人杰"与死之"鬼雄"的化身。于是，起笔与结语不仅在写法上前后呼应，而且在内容上彼此相融。至于与"生当作人杰，死亦为鬼雄"相比，哪些人是厚颜无耻之徒，哪些人是贪生怕死之辈？对于这些，诗人则一字不写，这个空白完全留给了读者，起到的是“无声胜有声”的作用。

三、运用典故，却不留痕迹

全诗只有20个字，共用了三个典故。一是“人杰”。暗用了刘邦的话：刘邦称赞张良、萧何、韩信是“人杰”。二是“鬼雄”。屈原的《国殇》诗中有这样的句子：“身既死兮神以灵，子魂魄兮为鬼雄。”三是“不肯过江东”。史书上记载：项羽兵败到乌江江边，乌江亭长劝他渡江回到江东，重整旗鼓。项羽说：江东父老即使可怜我，可我又有何脸见江东父老呢？说罢飞马直入战场，杀死敌军无数，最后自刎。而连用三个典故却毫无生僻堆砌之弊病，只觉得通俗易懂，耐人寻味。即使读者不知这三个典故，也不会对诗产生任何误解。如此用典，才叫艺术。

拓展建议

1. 下面两首诗，也是写项羽的。请你认真阅读，然后结合李清照的《夏日绝句》，讲讲自己的看法。

题乌江亭

（唐）杜牧

胜败兵家事不期，
包羞忍辱是男儿。
江东子弟多才俊，
卷土重来未可知。

题乌江亭

（宋）王安石

百战疲劳壮士哀，
中原一败势难回。
江东子弟今虽在，
肯与君王卷土来？

有人说，第一首是从兵家用兵的角度来评价的，认为项羽应该再过江东，将来也许可以卷土重来；第二首是从民心向背的角度来评价的，认为项羽已经失掉民心，无法挽回。

2. 项羽写过一首诗，叫《垓下歌》，你读后有何体会？

力拔山兮气盖世，
时不利兮骓不逝。
骓不逝兮可奈何？
虞兮虞兮奈若何？

（虞，指项羽的虞姬；若，当“你”讲）

3. 刘邦也写过一首诗，叫《大风歌》，请与项羽的《垓下歌》对比一下，讲讲它们的相同点与不同点。

大风起兮云飞扬，
威加海内兮归故乡，
安得猛士兮守四方！

春日

朱熹

胜日[1]寻芳[2]泗水[3]滨[4]，
无边光景[5]一时[6]新。
等闲[7]识得[8]东风面，
万紫千红总是春。

译　文

风和日丽的一天，
我到泗水之滨游春；
风光与景象焕然一新。
时时处处都可以看到东风的模样，
因为万紫千红都是春的化身。

注　释

1. 胜日：晴朗的日子。
2. 寻芳：字面意思是寻找花草，实际上是指游春、踏青。
3. 泗水：河名，在山东省。
4. 滨：水边。
5. 光景：风光与景象。
6. 一时：同时。
7. 等闲：平常，容易。
8. 识得：识别，了解。

关于作者

朱熹（1130—1200），南宋著名的理学家、思想家、教育家，字元晦，号晦庵，又称紫阳先生、考亭先生、沧洲病叟等，谥号文，所以又称朱文公，祖籍是徽州府婺源县（今江西省婺源），出生于南剑州尤溪（今属福建三明市）。人们常说的朱子，就是指的朱熹。他是杰出的弘扬儒学的大师。所谓“四书”，原是这么一回事：朱熹对《论语》进行了注释，又从《礼记》中摘出《大学》和《中庸》，再配上《孟子》，写成一本《四书章句集注》，简称《四书集注》。“四书”的名称就这样流传下来。

下面讲两个有关朱熹的故事。

第一个故事：

朱熹的父亲叫朱松，是做官的，很有学问。他对儿子朱熹进行严格的教育与培养。大概是朱熹四岁时的一天，朱松指着天告诉儿子说：“这就是天。”朱熹立刻问道：“天上有什么东西？”又有一次，朱熹问父亲：“地又是什么？”还有一次，朱松指着太阳说：“这是太阳。”朱熹问：“太阳待在哪里？”朱松回答说：“待在天上呀！”朱熹又追问道：“天又待在哪里？”总之，朱熹从小就好奇，不管看到听到什么，都要刨根问底，往往弄得父亲无法回答。

第二个故事：

成年后，朱熹也当过官。一次，他到同安县上任时，中途去拜访一位学者郑樵。郑樵把朱熹迎进门后，端出一碟姜和一碟盐来招待他。朱熹的书童见了很不高兴。过了一会，朱熹把自己写的手稿恭恭敬敬地递给郑樵，请求给予指正。郑樵接过手稿，放在桌上，然后点燃了一支香。香烟袅袅，屋内顿时缕缕芬芳。不料就在这时，窗外吹进了一阵风，把手稿一页一页地翻动起来。而郑樵站在原地，动也不动。过了好一会儿，他把手稿还给了朱熹。此后，郑樵与朱熹促膝交谈，据说谈了三天三夜。

告别郑樵后，朱熹和书童出了门。书童对朱熹说：“那老头子对待相公真是无礼：不拿出好酒好菜，也就罢了，但也不能只拿一碟姜和一碟盐招待人哪！”朱熹听了笑道：“这你就不懂了：姜是长在山中；盐是从海上来。有山有海，这是大礼呀！”书童又说：“我发现相公恭恭敬敬地向他请教，可他却连手稿都不看一下。”朱熹又解释说：“我告诉你吧：他可是个了不起的人哪！风吹来翻动手稿的时候，他就在看了；风一停，他就看完了。后来，他给我提了不少的好意见，这次拜访他，我的收获太多了！”

上面两个故事源于史书与民间传说。这些故事都从不同角度，展现了朱熹虚心求教的态度与严谨的治学精神。

赏　析

单从文字上看，这显然是一首咏春诗，其实不尽如此。这首诗至少有两个特点值得说说。

一、句句甚至字字前后照应

“胜日寻芳泗水滨”，七个字便点明了时间、地点与事件：时间是“胜日”，即风和日丽的日子；地点是“泗水滨”；事件是“寻芳”，即是寻觅美好的春景。三者合在一起，是总写，用的是说明的写法。

第二句“无边光景一时新”，与前一句紧接着，是具体描写春日看到的美景。“一时新”，告诉读者，春回大地，风光与景象一下子变得清新而奇妙。“无边”一词写出春天的风光与景象到处都是，使人眼花缭乱，应接不暇。为下面的诗句作了铺垫。

第三句“等闲识得东风面”，是由“无边光景”引出，是议论兼抒情的写法。因为光景无边，才可以“等闲识得”。而且“识得”二字又与第一句中的“寻”字相照应：由于痴情地去寻觅，所以，才能“识得”；否则，即使光景无边，对某些人也毫无意义，因为他们无动于衷。所以，“东风面”（指春天的美好容貌），只在真心喜欢它与痴情爱慕它的人面前，才展现其全部美丽的。

第四句“万紫千红总是春”，是说“万紫千红”的景象，不是别的，它们是春的化身。一是说，春天展现出来的美丽是“万紫千红”；二是说，诗人从“万紫千红”的景象中认识了春天，感受到了春天的美丽。所以，“万紫千红总是春”不仅回答了为什么说“等闲识得东风面”的问题：因为到处“万紫千红”，所以才“等闲（容易）识得”；而且回答了“万紫千红”的根据：因为光景无边，才可说“万紫千红”。

二、寓情和理于所写景物之中

泗水之滨，是在山东，而山东当时早被金人侵占。朱熹从未到过北方，怎么可能在泗水之滨“寻芳”呢？

既然如此，朱熹为什么这样写呢？难道是有意杜撰？其实，这里暗藏着一种情怀，寄托着一个道理。我们知道，朱熹是杰出的弘扬儒学的大师，他对孔子是极其崇拜的。孔子曾在洙水与泗水之间讲学，教弟子弹琴唱歌。因此，“泗水”就是借代孔子所在。而“寻芳”则是隐喻到圣人那里寻找济世之道，寻找复兴宋王朝之道，即收复河山之道。“万紫千红”是比喻孔子的人格魅力，和他斑斓丰富的学问与技艺。这就是泗水之滨的“东风”（即春风），只有它才能使万物复苏，使国家恢复元气。

所以，《春日》这首诗，通过他所写的意象，不仅寄寓了诗人的爱国情怀，而且深藏着宇宙的丰富哲理。

拓展建议

1.《观书有感》也是朱熹写的，全诗四句：

半亩方塘一鉴开，天光云影共徘徊。
问渠那得清如许？为有源头活水来。

这是一首哲理小诗。鉴，镜子。渠，它；指方塘里的水。那得，即哪得；当哪能讲。如许，像这样。源头活水，是指从书中不断汲取新的东西，如同打开了一面镜子，蓝天和白云的影子倒映在水中，仿佛在来回走动。它怎么如此清澈呢？原来它的发源地有活水不断地流来呀！

你读了这首诗有何体会？

2. 你还读过朱熹写的哪些诗？请介绍给大家。

3. 1972年，毛泽东主席赠送日本首相田中角荣的书是《四书》。请说说你所知道的《四书》的情况。

4. 朱熹纪念馆坐落在江西省上饶市婺源县文公山景区内。朱熹纪念馆为什么要建在那里？为什么叫“文公山”？如果有机会到上饶市婺源县，你可以瞻仰这座纪念馆。

天净沙[1]·秋思

马致远

枯藤[2]老树昏鸦[3]，
小桥流水人家[4]，
古道[5]西风瘦马。
夕阳西下，
断肠人[6]在天涯[7]。

译　文

枯瘦的藤缠绕着
干枯的老树，
老树上栖息着黄昏时
刚归巢的乌鸦。
小桥下，
流水潺潺，
旁边是几户人家。
荒凉的古道上，
秋风萧瑟，
彳亍而行的
是一匹疲惫的瘦马。
夕阳缓缓西下，
无家可归的游子
泪洒天涯。

注　释

1. 天净沙：曲牌名。
2. 枯藤：枯萎的枝蔓。
3. 昏鸦：黄昏时的乌鸦。昏，指傍晚。
4. 人家：指农家。
5. 古道：古老荒凉的道路。
6. 断肠人：形容伤心到极点的人，这里指漂泊无定的游子。
7. 天涯：天边。指离家乡极远的地方。

关于作者

马致远，致远是他的字，号东篱，不知他的名叫什么。汉族，元代著名戏曲家，元大都（今北京）人；也有人说，他是河北省东光县马祠堂村人。他与关汉卿、郑光祖、白朴并称“元曲四大家”。其生卒年代不详，但肯定晚于关汉卿、白朴等人，约生于公元1250年，卒于1321与1324之间。他曾在浙江当过小官，后在大都任工部主事（相当于一个办事员）。晚年不满时政，隐居田园。因写了《天净沙·秋思》，被誉为“秋思之祖”。《天净沙·秋思》被选入初中语文课本。

下面讲马致远的一个故事：

马致远满腹经纶，一生奔波，但在仕途上始终没有任何进展。于是，他就把自己的精力与快乐都集中在文学创作之中。他写的杂剧、散曲影响极大，遐迩闻名。这里讲一个因他的影响，使家乡躲过了一场劫难的传说。

马致远所在的朝代是元朝，后来明朝建立了。明太祖朱元璋死后，按照他的遗嘱，他的孙子即位。新皇上的叔父燕王朱棣是朱元璋的第四个儿子，便发动了历史上有名的“靖难之役”：借口是要为皇上除掉身边的奸臣，实际上是自己要当皇上。

话说他的军队所到之处，河北、河南、山东等地的百姓就遭了大难。他的军队路过河北东光县时，那里的百姓非常害怕，只等着倒霉。但，没想到军队到后，却秋毫无犯。这是怎么回事呢？

原来燕王朱棣曾学过马致远创作的杂剧与散曲，对马致远非常崇敬。所以，他来到东光，得知这里是马致远的故乡后，便给军队下令：“逢马不杀！”谁知他的手下将领听错了，把“逢”听成了“冯”。结果，传下去的命令是：“姓冯的与姓马的，一个不杀。”

于是，不仅马致远的家族躲过了这场劫难，连姓冯的人家也跟着沾了光；其他不姓马的，也都说他家姓马。最后，这里的百姓都保全了性命。

请想想，这个故事说明了什么？

赏　析

这首《天净沙·秋思》被称为“秋思之祖”。那意思是，以秋思为内容的诗词曲，没有哪一首能与它相比；或者说，以秋思为内容的诗词曲，无不从《天净沙·秋思》中汲取了营养。这首曲子究竟好在何处呢?

一、雅俗共赏

雅俗共赏，指的是文化修养高的人读了会觉得幽深高雅，一般人读了也会引发共鸣。比如，这首曲有六处是用了典的。董解元《西厢记》一曲《仙吕·赏花时》中有这样的句子："落日平林噪晚鸦，风袖翩翩吹瘦马，一经入天涯。荒凉古岸，衰草带霜滑。瞥见个孤林端入画，篱落萧疏带浅沙。一个老大伯捕鱼虾，横桥流水，茅舍映荻花。"雅者可以从"晚鸦、瘦马、天涯、古岸、横桥、人家"中联想到马致远的"昏鸦、瘦马、天涯、古道、小桥、人家"，于是，想到更多的情趣；而不知《西厢记》的读者，也并不影响其从中受到教益。

二、九个名词绘成一幅引人想象的秋景图

这九个名词连用，至少有三大妙处：

一是每个名词可以各自独立成为景色。比如，枯藤也罢，小桥也罢，古道也罢，它们都是秋季里某一地点、某一时刻中的景物。面对它们，读者可以任意想象。

二是几个词连起来，同样构成一幅有机的画面。比如，枯藤、老树、昏鸦这三个词连起来，可以是这样一种情景：枯藤缠绕着老树，老树上栖息着乌鸦，而这乌鸦在黄昏时刚刚归巢。如果这样理解，就可以想象当游子面对如此景物时，可能触动他这样的情怀：连鸟都能按时归巢，而我却流浪他乡，回不了家。

三是再把三句话连在一起思索，又会想象出另外一种景象，引发出另外一种情怀来。你看，孤独枯朽的藤枝，缠绕在满身褶皱的老树上；黄昏时，几只乌鸦呱呱呱地叫着，声声入耳，无比凄凉。猛回首，一座小桥就在眼前，桥下流水潺潺，旁边却有一户人家。再向前看去，那残留的"古道"，不知连着多远的地方。最后看着自己这匹驮着书卷的瘦马，在秋风中跌跌撞撞地走着，心头一阵痛楚。

三、人景互衬，情景相融，画龙点睛

先说人景互衬。

这首曲的前三句是写景，表达方式是描写；后两句主要是写人，表达方式是抒情。由于天涯游子思乡之情浓烈，所以，看到的主要就是枯藤、古道、瘦马之类；由于眼前是昏鸦、人家、西风，所以，更加重了游子孤独凄凉的感情。前三句的“景”与后两句的“人”，二者互相映衬，相辅相成。

再说情景相融。

前三句九个意象，无论单独看，还是结合起来考虑，都是景物描写，但几乎每一个词都使读者有凄楚伤痛之感。而后两句主要是抒情，直抒胸臆，说自己是“断肠人”；但其中“夕阳西下”四字，分明也是写景。由于是“断肠人”，所以才注意那“西下”的“夕阳”；由于“夕阳西下”，才使游子格外“断肠”。这岂非情景交融？

最后说画龙点睛。

如果把前三句理解为一幅画的背景，那么，后两句就是画中的人物。如果把前三句理解为龙的身躯，那么，后两句就是龙的眼睛。这里打住，请读者自己体会。

总之，作者全篇只用了28个字，除了“西”和“人”两字外，再无一字重复。可是，读来令人潸然泪下，心中也隐隐作痛。

那么，曲中的“断肠人”究竟是谁？是马致远吗？可以是，因为马致远就不知道自己的归宿在哪里，这句可以隐喻作者怀才不遇的悲凉情怀；也可以不是，因为曲中的字字句句都能引起每个游子的共鸣，使他们觉得自己就是作者。所以，这首曲的主题应该是形象地表现了所有漂泊天涯的旅人的愁思。

马致远就是这样用它的意境美，来吸引当时及后世的所有读者的。

所谓意境，是指作者的主观情思与客观景物相交融而创造出来的浑然一体的艺术境界。王国维的《人间词话》中有这样的话：“文章之妙，亦一言以蔽之，曰：有意境而已矣。何以谓之有意境？曰：写情则沁人心脾，写景则在人人耳目，述事则如其口出。”马致远的《天净沙·秋思》完全达到了这个标准。

拓展建议

1. 传说北京有马致远故居，具体地点在京西门头沟区王平镇的韭园村西落坡小山村内。那个村的人都姓马。但问他们有无家谱，他们说没有，也只是传说。你如果感兴趣，也可以去看看。

2. 你知道什么叫元曲吗？元曲起先是宋朝的，但在元代才得以发展壮大，而且达到了顶峰；所以称为元曲。元曲由杂剧和散曲两部分组成，元曲有时却专指杂剧。散曲，是没有宾白的曲子形式，有小令和散套两种。《天净沙·秋思》属于小令。

3.《寿阳曲·江天暮雪》是马致远写的另一首小令，你可对照《天净沙·秋思》加以鉴赏。

天将暮，雪乱舞，半梅花半飘柳絮。
江上晚来堪画处，钓鱼人一蓑归去。

4. 有人说，马致远的《天净沙·秋思》共写了十种景物。你同意吗？为什么？

5.《偶成》是宋朝朱熹写的与秋天有关的一首诗：“少年易学老难成，一寸光阴不可轻。未觉池塘春草梦，阶前梧叶已秋声。”意思是说，人从小就要努力学习，要珍惜每一寸光阴。你看，美丽的春天一梦还没有醒来，台阶前的梧桐树叶就在秋风里沙沙作响了。你能写一首与秋天有关的诗吗？写成现代诗或古诗都行。

石灰吟[1]

于谦

千锤万凿[2]出深山，
烈火焚烧若等闲[3]。
粉骨碎身浑[4]不怕，
要留清白[5]在人间。

译　文

石灰石经过千锤万凿，
从深山里开采出来。
烈火焚烧它，
它却像平常事一样对待。
粉骨碎身，
它全然无所畏惧。
决心要在世界上，
留下清白。

注　释

① 石灰吟：赞颂石灰。吟，吟颂；指古代诗歌的一种体裁。
② 千锤万凿：无数次的锤击开凿，形容开采石灰的艰难过程。
③ 若等闲：好像很平常的事情。若，好像；等闲，平常。
④ 浑：全。
⑤ 清白：表面上指石灰洁白的颜色，其实是比喻纯洁高尚的气节。

关于作者

于谦（1398—1457），明代著名的政治家、民族英雄，字廷益，号节庵，杭州府钱塘县（今浙江省杭州市上城区）人。他文武双全，屡建大功，所以，他的官越升越大，最高做到少保。少保是一品，是明代官员中最高的职位，直接协助皇上办事，总督军务。后来说他阴谋叛逆，被冤杀。最后，皇上发现于谦是被人陷害，后悔莫及。此后，明神宗即位，赐他谥号为“忠肃”。《于忠肃集》收集的就是他的诗文。

下面讲于谦的两个故事。

第一个故事：

于谦的故里是现在河南民权县程庄镇于庄村。于谦少年时就崇拜宋朝的文天祥，他把文天祥像悬挂在座位旁边，一挂就是几十年。他很聪明，很小就能吟诗作文。据说七八岁时，有个和尚给他相面，惊奇地说道：“这孩子将来能当宰相。”八岁时，他穿着红色衣服，骑马玩耍。邻家一位老者觉得很有趣，戏弄他说：“红孩儿，骑黑马游街。”于谦应声而答：“赤帝子，斩白蛇当道。”赤，红也；赤帝子，暗指刘邦。可见，于谦的对句气势非凡。

这里插入一点关于赤帝斩白蛇的故事。史书上记载：汉高祖刘邦当皇上之前，一次路遇一条当道的白蛇，他就拔剑斩了白蛇。接着继续前进。结果路上又碰到一个老妇人在哭。问她为何而哭，回答说：“吾子白帝子也，化为蛇，当道，今为赤帝子斩之，故哭。”说罢，就消失了。

第二个故事：

于谦被冤杀之后，官府派人来抄家。抄家的官员发现，于谦的正屋锁得严严实实。打开一看，原来都是皇上赐给他的蟒袍、剑器等；其他屋里，除生活用品外，没有任何多余的财物。于谦死的那天，有一个叫朵儿的官员，他本来是陷害于谦的曹吉祥的部下，可他竟然把酒泼在于谦死的地方号啕大哭，结果遭到曹吉祥的鞭打。但第二天，他照样泼酒在地，表示祭奠。还有一个叫陈逵的人，被于谦的忠义感动，收殓了于谦的尸体。

后来，陷害于谦的曹吉祥与石亨，一个被灭族，一个死于狱中。于谦之冤终于得以洗刷。等到明宪宗即位，在全国范围内给于谦平反昭雪，还发了一个文告：“当国家多难之时，保卫社稷使其转危为安，独自坚持公道，被权臣奸臣共同嫉妒。先帝在时已经知道他的冤枉，而朕更是怜惜他的忠诚。”明孝宗当了皇上后，赠于谦谥号为忠愍，而且给他修建祠堂，传旨让地方有关部门年节拜祭。明神宗即位后，又改谥号为“忠肃”。

赏析

这是一首典型的托物言志诗。作者把自己比作石灰，展现了他忠于国家与坚持真理而不怕牺牲的精神以及他高洁磊落的胸怀。这首诗有下列几个特点。

一、借物之显著特点，喻人之光辉品格

从表面上看，这是一首咏物诗。如果只是写出事物的特点，不与人的品格联系起来，那么，写得再好，也不过是某种事物的一张合格的说明书而已；即使在写事物特点的同时，联系了人的品格的某个方面，那也可能是牵强附会之作。只有所写事物的特点，与人的品格一一对应，那才是真正的艺术。而于谦的这首诗就做到了这一点。

首句“千锤万凿出深山”，很形象地写出开采石灰石的过程。而这个特点正符合坚强者的品格：他是甘心经受磨炼与痛苦的。

第二句“烈火焚烧若等闲”，这又是写烧炼石灰石的特点。而这正象征着有志之士面临严峻考验所表现出来的那种从容不迫的精神。

第三句“粉骨碎身浑不怕”，极形象地写出石灰石烧成石灰粉的特点。而这又自然而然地使我们想到英雄人物那种不怕牺牲的精神。

最后一句“要留清白在人间”，写的当然是石灰粉的显著特点：洁白的颜色。而这更是明显地在倾吐志士仁人要一生纯正清白的心声。

请注意：诗中所写石灰的每一个特点，其实都与作者于谦的诸多品格一一对应。纵观于谦一生的言行，我们可以说，《石灰吟》就是他人格的真实写照。像这样物与人天衣无缝地结合在一起的诗文，实属罕见。

二、作者既是诗中人，又是诗中人的评论者

这首诗用的是拟人手法，作者把自己写成了石灰。但在写石灰的过程中，又加入了评论的诗句。可以这样说，这些诗句既是石灰自评，也可以认为是作者对石灰的评论。比如，“烈火焚烧若等闲”这句诗，“烈火焚烧”当然是写制作石灰的过程，而“若等闲”三字，却与制作过程无关，而是写石灰经受这种磨炼时的自我感受，或者是旁观者对它所表现来的姿态的评价。其余如“浑不怕”

“要留清白在人间”，都是如此。像这样物我一体、主客一家、处处双关的写作艺术，虽不敢说是独此一家，但敢说，能达到这种高度的实在寥寥。

拓展建议

1. 在央视《百家讲坛》主讲明清历史的阎崇年曾告诉听众说：他在研究明代著名将领袁崇焕的时候，觉得最能反映这位英雄精神的一首诗就是《石灰吟》。但他查阅于谦的个人文集中并没有《石灰吟》。随后他到于谦的出生地和主要生活地杭州调查，结果发现《石灰吟》作者其实是明朝一位在杭州做过知县、后来被“放逐”到深山采石灰的普通下级官吏，他闲暇时写了一部历史小说《于谦传》，其中小说主人公于谦写了一首诗，就是《石灰吟》。

对此，你有何想法？

2. 位于河北省石家庄市井陉县中西部的于家石头村现有400多户人家，当地人说，其中大多都姓于，是明代著名政治家、民族英雄于谦的后裔。1988年河北省民俗文化协会把这个村命名为“于家石头民俗村”。你有兴趣到于家石头村看看吗？

3. 后世人不忘于谦，通过各种形式来纪念他。比如，北京与杭州都有“于谦祠”，杭州还修建了于谦故居。可抽时间前去瞻仰。

北京的于谦祠在东城区西裱褙胡同23号，原有门匾书“于忠肃公祠”。

杭州的于谦祠在于谦墓旁，而于谦墓位于杭州市的三台山麓，西湖乌龟潭畔。现已成为湖西重要的人文景观，是浙江省省级文物保护单位，是杭州市第五批爱国主义教育基地。

于谦故居位于杭州清河坊祠堂巷41号，现为杭州市文物保护单位，杭州市爱国主义教育基地。

4. 于谦还写过一首叫作《咏煤炭》的诗，其中有一句是“但愿苍生俱温暖，不辞辛苦出山林”。请你谈谈体会。

5. 据说，于谦当“兵部侍郎”时，一次巡抚河南。当时朝中宦官王振专权，贪赃纳贿。地方官进京或京官外出回京时，都得给他与权贵们献上贵重礼物，不然，就会遭到打击和排挤。于谦则什么都不带，而且因此写了一首诗：“绢帕茹蘑与线香，本资民用反为殃；清风两袖朝天去，免得闾阎话短长。”

题画竹

郑燮

四十年来画竹枝，
日间[1]挥写夜间思。
冗繁[2]削尽留清瘦[3]，
画到生[4]时是熟[5]时。

译 文

（我）四十多年来，
不停地画竹枝啊！
白天挥笔作画，
夜间不断思索。
（我）去掉那些繁杂而无用的枝叶，
只留下简约而有力的枝叶。
（我）有一种新奇的感悟：
画，到了越画越觉得生疏的时候，
那才进到了真正成熟而完美的境界。

注 释

1. 日间：白天。有的版本是“昼间”。
2. 冗繁（rǒng fán）：意思是繁杂，指多而无用的枝叶。
3. 清瘦：这里不是形容人的瘦弱，而是指竹子的枝叶简约而有力。
4. 生：生疏，陌生；这里指越画越觉得手生了，画不好了。生，不是生动的意思。
5. 熟：成熟，完美。

关于作者

郑燮（1693—1765），清代人，字克柔，号板桥，江苏兴化人。他的诗、书、画，被世人称为“三绝”。他父亲是县里的私塾教师，教过好多的学生。郑燮自幼随父亲读书，他的记忆力非常强，所读的书都能背诵。后来中了进士。出任山东范县县令，其后又调任潍县县令。他做官爱民如子，有一年正遇上荒年，他不顾别人的阻挠，开了官仓，借给百姓粮食，救活一万多人。当年秋天又歉收，郑燮干脆一把火把老百姓的借条全部烧掉。百姓感恩，可是有的官吏告他私自开仓，结果被罢了官。他离开潍县之时，百姓挡住路挽留他。后来家家画了他的像贴在墙上，还为他建立生祠。郑燮做官 12 年，没有一件冤案。他享年 73 岁。

兴化城东管阮庄有郑板桥墓，1995 年被列为江苏省文物保护单位。

我国著名画家徐悲鸿先生，称赞郑燮是“中国三百年来最卓越的人物之一”。郑燮诗，写得好；字，写得美；画，画得妙。有人说，他的这三绝中充满了三真：真气、真意、真趣。他的三绝都著称于世，其中尤以画竹为佳。我们现在就来学习他写的《题画竹》，看看他画的竹子为什么那么受人称赞。

下面讲他的两个小故事。

第一个故事：

据说郑燮辞官回家，是“一肩明月，两袖清风”，生活非常贫困，家里只有黄狗一条，兰花一盆。一天夜间，天黑风大，还下着雨。郑燮还没睡着，发现小偷进家了。郑燮稍微想了想，就朝里翻了翻身，低声吟道：“细雨蒙蒙夜沉沉，梁上君子进我门。”小偷听了，吃了一惊。可这时小偷已经到了他的床边。接着又道：“腹内诗书存千卷，床头金银无半文。”小偷听了，转身出门。只听得又吟道：“出门休惊黄尾犬。”小偷想，既然有狗，不如翻墙而出。正要上墙，又听见：“越墙莫损兰花盆。”小偷一看，墙头上真有一盆兰花。小偷避开花盆，刚刚落地站稳，屋里又传出两句诗来：“天寒不及披衣送，趁着月黑赶豪门。”

第二个故事：

你见过街市上有人卖一种文化用品吗？其中有的是一幅书法联，有的是用铜制成的长方形的一块镇纸尺，也有用贵重木头制作的。那上面刻着或写着“难得糊涂”四个字，那就是仿郑燮的。买的人还不少。

原来郑燮辞官后，他看透了那个社会，就专门写了“吃亏是福”与“难得糊涂”几个大字，并且又用小字加了个注解：“聪明难，糊涂难，由聪明而入糊涂更难。”你知道他为什么要写这些字吗？

赏　析

这首诗，开头就说“四十年来”，而且这四十年来是夜以继日地与竹子在一起。这就告诉读者，作者画竹可不是一蹴而就的，而是付出了几乎一生的心血。竹，这是作者生命的体现。

而在这漫长的岁月中，他是不断地实践，不断地思索。终于使竹子脱去了臃肿的杂物，留下了挺拔有力的枝叶。从“冗繁”到“清瘦”，写出了作者画竹的领悟过程。我们可以想象一下：刚画竹时，恐怕是把竹枝、竹叶一枝一叶地都要画出来。但这只是对竹子的复制和描摹。逼真倒是逼真了，而未能表现出竹子那种挺拔坚韧的精神。怎样能够画到这种境界呢？那就得倾注心血。原来画竹觉得很熟练了，可是，现在越画越觉得手生了。其实这“生”，正是向更高的“熟”的境界攀登着。

于是，我们终于悟出：不管做什么，尤其是艺术创作，总是要经过“生—熟—生—熟”这样多次的反复，才能不断有所发现，有所发明，有所创造，有所前进。

拓展建议

1. 你会画竹子吗？试试看。
2. 有人说，诗中的“生”是生动的意思，你同意吗？为什么？
3. “燮”这个字，你认识吗？问问老师，看它是什么意思。
4. 你觉得郑板桥写“难得糊涂”，他是怎么想的。

己亥杂诗

龚自珍

九州[1]生气[2]恃[3]风雷，
万马齐喑[4]究[5]可哀。
我劝[6]天公[7]重抖擞，
不拘[8]一格降[9]人才。

译　文

中国要想充满生命气息，
那就要靠滚滚的风雨与惊雷。
现在这种万马无声的环境，
总是令人感到无比的悲哀。
我希望上天重新振作精神，
不要局限于一种规格，
去选用治国的人才。

注　释

1. 九州：指当时的中国。
2. 生气：充满生命气息的环境。
3. 恃（shì）：依靠。
4. 喑（yīn）：哑。万马齐喑，比喻社会毫无生气。
5. 究：毕竟。
6. 劝：这里可以理解为奉劝，也可以理解为激励，似乎不该理解为劝说或规劝。
7. 天公：字面上指上天，也许另有所指。
8. 拘：局限，限制。
9. 降：降生。

关于作者

龚自珍（1792—1841），清代思想家、文学家，字尔玉，号定庵，仁和（今浙江杭州）人。他38岁考取进士，前后在内阁中书做了20年无关紧要的下级官吏。由于敢于揭露时弊，不断遭到权贵的排挤和打击，于是决计辞官南归，在丹阳云阳书院担任讲席，直至猝然离世。他自幼受到良好的教育。他的父亲叫龚丽正，是做官的，也有学问，有著作；他的母亲叫段驯，是清代文字音韵训诂学家段玉裁之女，也有著作。

下面讲一个龚自珍幼年的故事：

龚自珍幼年时，好像患有一种神经敏感症。每到傍晚时，一听到街上卖糖人吹奏的箫声，就立刻扑向母亲的怀抱。可在别的孩子那里，这箫声却是招引他们围观与买糖人的信号。每到箫声响起，母亲就把他抱在怀里，给他讲故事，解读诗文。所以，他的启蒙教育，是由母亲进行的。

那么，龚自珍学过的诗文都有哪些呢？通过后人的考证，知道来自清代人的，主要（不是全部）有三位文学大家，他们是：

吴伟业（1609—1672），字骏公，号梅村。康熙皇帝就特别喜欢读吴梅村的作品。

方舟（1665—1701），字百川，安徽桐城人。段驯教孩子学方舟的作品，除了自己的偏爱，恐怕还有两个原因：一是方舟善于作八股文，效仿他的文章，有利于孩子参加科举考试；二是方舟的文章写得形象，有可感性，小孩也喜欢读，容易接受。

宋大樽（1746—1804），字左彝，号茗香，杭州人。他的人生乐趣就是“三书”：读书、藏书、著书。

这三位先生的诗文，对龚自珍的思想与写作，都产生了不小的影响。尤其是吴梅村的诗，是母亲一句一句读给他听的，更是一生难以忘怀的。这三位先生的诗文可以说就是龚自珍童年的精神乳汁，龚自珍曾写诗表示了他对三位先生的崇敬。

赏　析

己亥这年是清道光十九年（1839）。这年龚自珍辞官，由北京回杭州，后来又北上去接他的家属。他在南北往返途中，触景生情，不停地写诗，共有315首，都是七言绝句，总题为《己亥杂诗》。这些诗记载了当时的各种见闻与感想，从不同侧面批判当时的社会，抒发自己的追求与苦闷，反映了诗人关怀民族与国家命运的爱国情怀。我们选的就是其中的一首，是他路过镇江时，应道士请求而写的祭神诗。作者借此机会，表现他对清代压抑、束缚人才现实的不满，希望出现能够破格选用人才的局面。下面就来看看诗人是怎样通过他的诗来倾吐心声的。

一、恰当而形象的比喻

“九州生气恃风雷”中的“风雷”表面上指风神与雷神，因为是为道士而写诗。诗人借此比喻社会的大变化或大动荡。全句告诉读者，这个社会要想生气勃勃，充满生命的气息，必须依靠一场大的变革。

用“风雷”这样的词比喻社会大变化、大革命的诗句很多。比如，鲁迅先生所写《无题》一诗中，就有“于无声处听惊雷”的句子；毛泽东所写《七律·和郭沫若同志》一诗中，就有“一从大地起风雷”的句子。其中的“惊雷”“风雷”，都是比喻轰轰烈烈的革命形势。

所以，用风雷比喻大变革或大革命的形势最恰当：无论从声音上看，从范围上看，从猛烈的程度上看，还是从风雷过后出现的蓝天红日上看，都是十分恰当而形象的。

“万马齐喑究可哀”中的“万马齐喑”也是比喻。是指在清朝统治下，所有的人都噤若寒蝉，谁也不敢吭声的黑暗而沉闷的社会现实。马的天性是要鸣叫，要奔跑的，而现在成千上万的马都不敢鸣叫，也不敢奔跑，这是怎样的一种痛苦呀！人的天性是要自由的，而现在不要说百姓，就连当官的都不敢说句真话，这又是怎样的一种悲哀呀！

那么，怎样打破这种局面呢？靠现在的这帮贪官污吏，靠现在这种溜须拍马的风气，是绝对不行的；必须来一场暴风骤雨，来一次天翻地覆的变革。只有这样，才能变“万马齐喑”的悲哀为万马齐鸣的欢乐。

至于龚自珍所向往的变革具体指什么，不要说别人，恐怕连他自己也说不清楚。

二、用“呼告”的修辞手法呼唤“天公”，呼唤变革

“我劝天公重抖擞，不拘一格降人才”，这两句诗，是诗人对社会变革所寄

的希望与所绘的蓝图。

他的希望是“天公重抖擞”，他的蓝图是“不拘一格降人才”。文中的“天公”，表面上看，是指玉皇。诗人在这首诗的末尾，自注道：“过镇江，见赛玉皇及风神、雷神者，祷祠无数，道士乞撰青词。”青词就是符箓（lù），是祭神的诗句、图画等。这说明，这首诗那时是当作“青词”献给神的。由此，我们可以看出诗人的聪明与智慧：他是借“道士乞撰青词”之机，表达自己心中积久而又难言的思想感情的。

那么，诗人心中的“天公”究竟指什么？有人说，“天公”是指皇上，说他是给皇帝提意见的。这种说法不无道理：封建社会里的官员要想实现自己的政治主张，总是寄希望于皇上的。

但，这样下结论未免绝对，因为像龚自珍这样有抱负、有才能的人，恐怕不会不知道他的不受重用与遭受打击，是与皇上有关的。更何况，龚自珍所处的时代，是清政府腐朽无能的时代，是内忧外患严重的时代，是列强亡我中华之心不死的时代，也是中国有识之士睁眼看世界的时代。比如林则徐等人，就处在这个时代，而且，林则徐禁止鸦片的主张，龚自珍是极力支持的。

所以，龚自珍笔下的“天公”除了绝不是玉皇外，恐怕也未必是皇上。那么，究竟是谁呢？这里冒昧猜测一下，可能是指的是“老天”：老天啊，你快想想办法，拯救拯救这个破碎的国家吧！“天公”，也可能指的是他心中的某个英雄。

那么，如果这样的英雄真的出现了，应该怎么办呢？龚自珍为英雄绘制了一幅蓝图，那就是万马奔腾、百花齐放、百家争鸣的壮丽图景。

当这样的局面形成之后，龚自珍心目中的英雄才能挽狂澜于既倒，扶大厦于将倾。

这一切都说明诗人有着浓烈的爱国情怀，他期待国家能够一扫当前“万马齐喑”的局面，出现一个焕然一新、朝气蓬勃的未来。你看，诗人正在大声呼喊：天啊，请让暴风雨快一些来吧！让这暴风雨来得更猛烈些吧！

总之，从全诗来看，诗人高瞻远瞩，用奇特的想象表现他美好的追求与向往，他热情地期待杰出人才的涌现，期待变革形势的到来。

这首诗所以能够脍炙人口，其主要原因恐怕就是它所具有的这种现实意义与历史意义吧？

拓展建议

1. 你对“我劝天公重抖擞，不拘一格降人才”中的“不拘一格”是怎样理解的？

2. 杭州市城东马坡巷内，有龚自珍纪念馆，为市级文物保护单位。你如果到杭州旅游，不妨去看看，想必对龚自珍会有更多的了解。北京也有龚自珍故居，在西城区手帕胡同21号。

3. 有两句诗，大家应该熟悉：“落红不是无情物，化作春泥更护花。”你知道它是谁写的？你能说说你的体会吗？

4. 我国历史界与文学界对龚自珍的评价极高。比如，梁启超就曾说：初读龚自珍时“若受电然”。说他读龚自珍的诗文，就像触电的样子。你如果有兴趣，也可以读读他的诗文。

副编

伐檀

诗经·魏风

坎坎伐檀兮，
置之河之干①兮，
河水清且涟猗。
不稼不穑，
胡取禾三百廛②兮？
不狩不猎，
胡瞻尔庭有县③貆兮？
彼君子兮，
不素餐④兮！

坎坎伐辐兮，
置之河之侧兮，
河水清且直猗。
不稼不穑，
胡取禾三百亿⑤兮？
不狩不猎，
胡瞻尔庭有县特⑥兮？
彼君子兮，
不素食兮！

坎坎伐轮兮，
置之河之漘⑦兮，
河水清且沦猗。
不稼不穑，
胡取禾三百囷⑧兮？
不狩不猎，
胡瞻尔庭有县鹑兮？
彼君子兮，
不素飧⑨兮！

简要说明

《伐檀》是《诗经》中记载的当时魏国的民歌，它反映了社会中民众对统治者的不满，是一首嘲骂剥削者不劳而食的诗。

注释

① 干：水边。
② 廛（chán）：通“缠”，古代的度量单位，三百廛就是三百束。
③ 县（xuán）：通“悬”，悬挂。
④ 素餐：白吃饭，指不劳而获。
⑤ 亿：通“束”。
⑥ 特：三岁大兽。
⑦ 漘（chún）：水边。
⑧ 囷（qūn）：束。一说圆形的谷仓。
⑨ 飧（sūn）：熟食，这里泛指吃饭。

硕鼠[1]

诗经·魏风

硕鼠硕鼠，
无食我黍！
三岁贯女[2]，
莫我肯顾。
逝[3]将去[4]女，
适彼乐土。
乐土乐土，
爰[5]得我所。

硕鼠硕鼠，
无食我麦！
三岁贯女，
莫我肯德[6]。
逝将去女，
适彼乐国。
乐国乐国，
爰得我直[7]。

硕鼠硕鼠，
无食我苗！
三岁贯女，
莫我肯劳[8]。
逝将去女，
适彼乐郊。
乐郊乐郊，
谁之永号[9]？

简要说明

《硕鼠》是《诗经》中的一篇，也是当时魏国的民歌。古人多认为"刺重敛"，今人却认为是被统治者反对剥削，向往乐土的。

注释

1. 硕鼠：大老鼠，比喻贪得无厌的剥削者。
2. 三岁贯女（rǔ）：多年侍奉你。三岁，多年；贯，侍奉；女，同"汝"，你。
3. 逝：通"誓"。
4. 去：离开。
5. 爰：乃，于是。
6. 德：加恩，施惠。
7. 直：同"值"。
8. 劳：慰劳。
9. 谁之永号：号，大哭或呼喊。全句是反问句，意思是，到了"乐土"，谁还会不断地号哭呢？

沧浪[1]之水歌

佚名

沧浪之水清兮，
可以濯[2]我缨[3]。
沧浪之水浊兮，
可以濯我足。

简要说明

这是春秋战国时期流传在汉北一代的民歌，出自《孺子歌》。作者不可考，孔子与孟子都提到过它。

注释

① 沧浪：古代水的名称。
② 濯：洗。
③ 缨：指帽子上的丝带。

垓下[1]歌

项羽

力拔山兮气盖世，
时不利兮骓[2]不逝。
骓不逝[3]兮可奈何？
虞兮虞[4]兮奈若何[5]？

简要说明

《垓下歌》是项羽兵败后吟唱的一首诗。这首诗概括了项羽平生的业绩和豪气，表达了他对美人和名马的怜惜，抒发了他在被刘邦军队重重包围之后的那种充满怨愤而又无可奈何的心情。

注释

1. 垓（gāi）下：古地名，在今安徽省灵璧县南沱河北岸。
2. 骓（zhuī）：指项羽所乘之马。
3. 逝：这里指奔跑。
4. 虞：项羽的爱妻，即虞姬。
5. 奈若何：拿你怎么办。若，你；指虞姬。

大风歌

刘邦

大风起兮云飞扬，
威[1]加[2]海内兮归故乡，
安得猛士兮守四方[3]？

简要说明

《大风歌》是刘邦创作的一首诗歌，是他打败项羽又平定了黥布之后，路过他的家乡沛县时所作。前两句充满了一种霸气，但最后一句却流露出了他对天下尚不安定的担心。

注释

1. 威：威望，权威。
2. 加：施加。
3. 四方：指国家。

长歌行[1]

汉乐府

青青园中葵[2]，
朝露待日晞[3]。
阳春布[4]德泽，
万物生光辉。
常恐秋节至，
焜黄[5]华[6]叶衰。
百川东到海，
何时复西归？
少壮不努力，
老大徒[7]伤悲。

简要说明

这是一首咏叹人生的诗歌。园中冬葵在春天的早晨亭亭玉立，绿绿的叶片上滚动着圆圆的露珠，期待朝阳的照耀。诗人由园中葵想到自己，想到青少年，鼓励大家都应当珍惜时间。

注释

1. 长歌行：汉乐府曲调名。
2. 葵：冬葵，我国古代蔬菜之一，可入药。
3. 晞：天亮，这里指阳光照耀。
4. 布：给予。
5. 焜（kūn）黄：形容草木凋落枯黄的样子。
6. 华：同“花”。
7. 徒：白白的。

东门行[1]

汉乐府

出东门[2]，
不顾归。
来入门[3]，
怅欲悲。
盎[4]中无斗米储，
还视架上无悬衣。
拔剑东门去，
舍中儿母[5]牵衣啼：
“他家但愿富贵，
贱妾与君共哺糜[6]。
上用[7]仓浪天[8]故，
下当用此黄口儿。
今非[9]！”
“咄[10]！行！
吾去为迟[11]！
白发时下[12]难久居。”

简要说明

这是一首汉乐府民歌，写一位城市贫民被无衣无食的绝境所迫，不得不拔剑走上反抗道路的故事。

注释

1. 东门行：乐府古辞名。
2. 东门：主人公所居之处的东城门。
3. 来入门：离开又回转家门。
4. 盎（àng）：大肚子小口的陶器。
5. 儿母：指孩子的母亲，即主人公的妻子。
6. 哺糜（bǔ mí）：吃粥。
7. 用：为了。
8. 仓浪天：仓浪，青色；仓浪天，即青天。
9. 今非：指丈夫这种冒险行为不对。
10. 咄（duō）：指丈夫拒绝妻子的劝告而发出的声音。
11. 吾去为迟：我已经去晚了！
12. 白发时下：头上的白发不时地脱落。下，脱落。

迢迢牵牛星

《古诗十九首》

迢迢[1]牵牛星，
皎皎[2]河汉女[3]。
纤纤擢[4]素手，
札札弄机杼[5]。
终日不成章[6]，
泣涕零如雨。
河汉清且浅，
相去[7]复几许[8]！
盈盈一水间，
脉脉[9]不得语。

简要说明

这首诗借传说中牛郎、织女的故事，抒发了男女之间因爱情受到挫折而痛苦忧伤的心情。

注释

1. 迢（tiáo）迢：遥远的样子。
2. 皎皎：明亮的样子。
3. 河汉女：指织女星。河汉，即银河。
4. 擢（zhuó）：抽，这里是伸出的意思。
5. 杼（zhù）：织布机上的梭子。
6. 章：指布帛上的纹理，这里指整幅的布帛。
7. 去：距离。
8. 复几许：又能有多远。
9. 脉（mò）脉：含情相视的样子。

龟虽寿

曹操

神龟[1]虽寿，
犹有竟时。
塍蛇[2]乘雾，
终为土灰。
老骥伏枥[3]，
志在千里。
烈士[4]暮年，
壮心不已。
盈缩[5]之期，
不但[6]在天；
养怡[7]之福，
可得永年。
幸甚至哉，
歌以咏志。

简要说明

《龟虽寿》是曹操创作的一首四言乐府诗。这首诗表现了诗人老当益壮的人生态度，充满对生活的热爱与对人生价值的追求。

注释

1. 神龟，传说中的通灵之龟，据说可以活几千年。
2. 塍蛇，传说中与龙同类的神物，能腾云驾雾。
3. 枥（lì）：马槽。
4. 烈士：指有远大抱负的人，不是指为正义事业牺牲的人。
5. 盈缩：指人的寿命长短。盈，满，引申为长；缩，亏，引申为短。
6. 但：仅，只。
7. 养怡：指调养身心。

七步诗

曹植

煮豆持[1]作羹[2]，
漉菽以为汁[3]。
萁[4]在釜下燃，
豆在釜中泣。
本自同根生，
相煎[5]何太急？

简要说明

据《世说新语·文学》记载：文帝（曹丕，曹植的兄长）曾经让曹植七步之内作诗，如果作不出来就杀头；曹植应声吟出这首诗来。结果曹丕感到很惭愧。

注释

1. 持：用来或拿来。
2. 羹（gēng）：用肉或菜做成的糊状食物。
3. 漉菽以为汁：意思是把豆子的残渣过滤出去，留下豆汁作羹。漉（lù），过滤；菽，豆类植物。
4. 萁：豆类植物脱粒后剩下的茎。
5. 相煎：指曹丕煎熬曹植。相，不是互相，而是指曹植自己。

折杨柳歌辞（其六）

南北朝民歌

其一

遥看孟津[1]河，
杨柳郁婆娑[2]。
我是虏家儿，
不解汉儿歌。

其二

健儿须快马，
快马须健儿。
跸跋[3]黄尘下，
然后别雄雌。

简要说明

这是当时少数民族的诗歌，充分反映出北方少数民族豪壮的性格。特别是第二首，读者好像看到了北国健儿骑马奔驰于草原上的雄姿。

注释

1. 孟津：地名，在河南孟县南黄河边上。
2. 郁婆娑：形容杨柳随风飘舞。郁，茂盛；婆娑，飘舞的样子。
3. 跸跋（bì bá）：马蹄击地的声音。

送杜少府[1]之任蜀州

王勃

城阙[2]辅[3]三秦[4]，
风烟望五津[5]。
与君离别意，
同是宦游人[6]。
海内存知己，
天涯若比邻。
无为[7]在歧路[8]，
儿女共沾巾[9]。

简要说明

王勃（约650—约676），唐代诗人，字子安，绛州龙门（今山西河津）人。王勃与杨炯、卢照邻、骆宾王齐名，世称“初唐四杰”，其中王勃是“初唐四杰”之首。这首诗是王勃在长安送杜少府到四川上任时写的。

注释

1. 杜少府：杜，姓；少府，唐代对县尉的通称。
2. 城阙：指唐代都城长安。
3. 辅：护卫。
4. 三秦：指陕西省一带；辅三秦，即是护卫三秦。
5. 五津：四川境内长江的五个渡口，指杜少府要去的地方。
6. 宦游人：离开故乡以求做官的人。
7. 无为：不要。
8. 歧路：岔道。这里指分手的地方。
9. 儿女共沾巾：儿女情长，哭哭啼啼。

过[1]故人庄

孟浩然

故人具[2]鸡黍，
邀我至田家。
绿树村边合，
青山郭外斜。
开轩面场圃[3]，
把酒[4]话桑麻。
待到重阳日，
还来就[5]菊花。

简要说明

孟浩然（689—740），唐代诗人。孟浩然与王维合称为“王孟”。这是他写的一首田园诗，既写农家恬静的生活情景，也写他与老朋友之间的情谊。

注释

1. 过：拜访。
2. 具：准备。
3. 场圃：农家的小院。
4. 把酒：端起酒杯。
5. 就：接近，这里是欣赏的意思。

春晓

孟浩然

春眠不觉[1]晓[2]，
处处[3]闻啼鸟。
夜来风雨声，
花落知多少。

简要说明

孟浩然早年隐居鹿门山，据说《春晓》就是他隐居鹿门山时所作。

注释

1. 不觉：有两种解释，一是没醒来；二是不知不觉。
2. 晓：早晨，天刚亮。
3. 处处：不是到处的意思，应作时时讲。

登鹳雀楼[1]

王之涣

白日[2]依山尽，
黄河入海流。
欲穷[3]千里目，
更上一层楼。

简要说明

王之涣（688—742），唐代诗人，晋阳（今山西太原）人。这首诗写诗人在登高望远中表现出来的不平凡的抱负，鼓励人们积极向上，不断进取。

注释

1. 鹳雀楼：旧址在山西永济县，楼高三层，下临黄河。传说有鹳雀在这里停留过。
2. 白日：指太阳。
3. 穷：尽。

凉州词[1]

王之涣

黄河远上白云间，
一片孤城万仞[2]山。
羌笛[3]何须怨杨柳[4]，
春风不度[5]玉门关。

简要说明

这首诗描写了祖国山川的雄伟气势，写出了国防重镇的地理形势，突出了防守边疆战士的境遇。

注释

1. 凉州词：是当时给流行的一种曲子（《凉州词》）配的唱词。
2. 仞：古代的长度单位，七八尺。
3. 羌笛：羌族的一种乐器。
4. 杨柳：指一种叫《折杨柳》的歌曲，唐朝有折柳赠别的风俗。
5. 度：越过。后两句是说，羌笛何必吹起《折杨柳》这种哀怨的调子，埋怨春光来迟呢？要知道，春风是吹不到玉门关外的啊！

黄鹤楼[1]

崔颢

昔人已乘黄鹤去，
此地空余黄鹤楼。
黄鹤一去不复返，
白云千载空悠悠[2]。
晴川[3]历历[4]汉阳树，
芳草萋萋[5]鹦鹉洲[6]。
日暮乡关[7]何处是[8]？
烟波[9]江上使人愁。

简要说明

崔颢（hào）(704—754)，唐代诗人，汴州（今河南开封市）人。《黄鹤楼》是崔颢创作的一首七言律诗，描写了登上黄鹤楼远眺所看到的美好景色，表现作者吊古怀乡之情。这首诗当时就很有名，传说李白登上黄鹤楼，有人请李白题诗，李白说：“眼前有景道不得，崔颢题诗在上头。”

注释

1. 黄鹤楼：中国著名的名胜古迹，故址在今湖北武汉市武昌蛇山的黄鹄矶上，传说三国时期的费祎登楼成仙后乘黄鹤而去，故称黄鹤楼。原楼已毁，现在的黄鹤楼是1985年重建的。
2. 悠悠：飘荡的样子。
3. 晴川：阳光照耀下晴朗而明快的江面。川，平原。
4. 历历：十分清楚，如在眼前的样子。
5. 萋萋：形容草木茂盛。
6. 鹦鹉洲：在武汉市武昌区西南。
7. 乡关：指故乡家园。
8. 是：这里是“在”的意思。何处是，是倒装句，即在何处。
9. 烟波：雾腾腾的样子。

送元二[1]使安西[2]

王维

渭城[3]朝雨[4]浥[5]轻尘，
客舍青青柳色新。
劝君更尽一杯酒，
西出阳关[6]无故人。

简要说明

这首诗是王维送朋友去西北边疆时所作，大约作于安史之乱前。诗题又名“赠别”，因为要谱曲，故起名“阳关三叠”，又名“渭城曲”。

注释

1. 元二：姓元，排行第二，是作者的朋友。
2. 使安西：出使到安西去。使，出使；安西，指唐代安西都护府，在今新疆库车附近。
3. 渭城：在长安西北，渭水北岸。
4. 朝雨：早晨下的雨。
5. 浥（yì）：湿。
6. 阳关：在今甘肃省敦煌县西南，是古代通往西域的要道。

相思

王维

红豆[1]生南国，
春来发几枝。
愿君多采撷[2]，
此物最相思[3]。

简要说明

《相思》是王维创作的一首借咏物而寄托自己思念某人的诗。全诗自然明快而又委婉含蓄，相传当时就有人为它谱曲，流行于江南一带。

注释

1. 红豆：又名相思子，一种生长在江南地区的植物，结出的果实像稍扁的豌豆，鲜红色。
2. 采撷（xié）：采摘。
3. 相思：不是互相思念，而是思念某人。

早发白帝[1]城

李白

朝辞白帝彩云间，
千里江陵[2]一日还[3]。
两岸猿声啼不住，
轻舟已过万重山。

简要说明

李白描写从白帝城到江陵的一段长江，水急流速，船行在其间像飞一样。

注释

1. 白帝：指白帝城，今四川省奉节县。
2. 江陵：今湖北省江宁县。
3. 一日还：一天就可到达。还，到达；不得讲成回来。

黄鹤楼送孟浩然之广陵[1]

李白

故人[2]西辞黄鹤楼，
烟花[3]三月下扬州。
孤帆远影碧空尽[4]，
唯见长江天际流。

简要说明

李白27岁时，在湖北安陆已住了10年之久。在这里，他结识了比他大12岁的孟浩然，两人很快成了挚友。后来，孟浩然乘船东下到广陵去，李白为其送行。

注释

1. 广陵：即扬州。
2. 故人：老朋友，这里指孟浩然。
3. 烟花：形容柳絮如烟的春天景象。
4. 碧空尽：消失在碧蓝的天边。

夜宿山寺

李白

危楼[1]高百尺，
手可摘星辰[2]。
不敢高声语，
恐惊天上人。

简要说明

《夜宿山寺》这首诗运用夸张的手法，描写寺楼的高耸，寄托诗人对神仙般生活的向往之情。全诗语言朴素自然，生动形象，使人有身临其境的感觉。

注释

1. 危楼：高楼。危，高的意思，不得理解为危险。
2. 星辰：指天上的星星。

别董大[1]

高适

千里黄云[2]白日曛[3]，
北风吹雁雪纷纷。
莫愁前路无知己，
天下谁人不识君？

简要说明

高适（704—765），字达夫，一字仲武，渤海蓨（今河北沧州）人，唐代著名的边塞诗人。董大是当时著名的音乐家，是高适的好朋友。这首诗是高适写的《别董大二首》中的一首，写他俩离别时的情景。

注释

① 董大：指董庭兰，因他在兄弟中排名第一，所以称呼“董大”。

② 黄云：在阳光下，乌云是暗黄色的，所以叫黄云。

③ 白日曛：指太阳黯淡无光。曛，昏暗的样子。

望岳

杜甫

岱宗[1]夫[2]如何？

齐鲁[3]青未了[4]。

造化[5]钟神秀[6]，

阴阳[7]割昏晓[8]。

荡胸[9]生曾云[10]，

决眦[11]入归鸟。

会当[12]凌绝顶[13]，

一览众山小[14]。

简要说明

这是杜甫青年时代的作品，描写泰山雄伟的景象，抒发诗人勇于攀登的雄心壮志。

注释

1. 岱宗：指泰山，也叫岱山，在山东泰安市城北。古代把泰山尊为五岳之首，故又称“岱宗”。
2. 夫：读“fú”。句首语气词，无实在意义，这里表疑问语气。
3. 齐鲁：指古代的齐国与鲁国。以泰山为界，齐国在泰山之北，鲁国在泰山之南。后用齐鲁代指山东地区。
4. 青未了：指绿绿的山色无边无际。未了，不断的意思。了，读 liǎo。
5. 造化：大自然。
6. 钟神秀：钟，聚集；神秀，神奇秀丽。
7. 阴阳：阴，指山的北面；阳，指山的南面。
8. 割昏晓：形容泰山之高，山南、山北明暗完全不同，山南明亮得好像早晨，山北昏暗得如同黄昏。这是一种夸张的说法。
9. 荡胸：心胸摇荡。
10. 曾云：层层叠叠的云。曾，同“层”，重叠的意思。
11. 决眦（zì）：形容眼角几乎要裂开的样子。眦，眼角；决，裂开。
12. 会当：定要。
13. 凌绝顶：指登上最高峰。凌，登上。
14. 众山小：觉得下面的群山都渺小了。

闻[1]官军[2]收河南河北[3]

杜甫

剑外[4]忽传收蓟北[5]，
初闻涕泪满衣裳[6]。
却看妻子愁何在，
漫卷诗书喜欲狂。
白日放歌须纵酒，
青春[7]作伴好还乡。
即从巴峡穿巫峡，
便下襄阳向洛阳。

简要说明

这首诗作于广德元年（763）春天，杜甫那年 52 岁。那时，持续了 7 年多的“安史之乱”终于宣告结束，杜甫这位饱经战乱的诗人正流落在四川。他听到战乱结束的消息后，欣喜若狂，恨不得马上回到自己的家乡。

注释

1. 闻：听说。
2. 官军：指唐朝军队。
3. 河南河北：指黄河以南与黄河以北地区，不是指现在的河南与河北两省。
4. 剑外：剑门关以南，这里指四川。
5. 蓟北：泛指唐代幽州、蓟州一带，现在的河北北部地区，原是安史叛军的根据地。
6. 裳：读 cháng，指古人穿的下裙，男子也穿。
7. 青春：指美好的春天。

枫桥[1]夜泊[2]

张继

月落乌啼[3]霜满天，
江枫[4]渔火[5]对愁眠[6]。
姑苏[7]城外寒山寺[8]，
夜半钟声[9]到客船。

简要说明

张继（约715—约779），唐代诗人，襄州（今湖北省襄阳市）人。他很有气节，不仅诗好，人的品格也好。《枫桥夜泊》写于安史之乱之后，他写的是江南深秋夜景，写得有景，有情，有声，有色。

注释

1. 枫桥：在今苏州市阊门外。
2. 夜泊：夜间把船停靠在岸边。
3. 乌啼：乌鸦啼鸣，还有人说是指乌啼镇。
4. 江枫：江，指吴淞江，俗称苏州河。江枫，一般解释为“江边的枫树”，也有说是指那里的“江村桥”和“枫桥”。
5. 渔火：指渔船上的灯火，也有人说是指一同打鱼的伙伴。
6. 对愁眠：这里是把江枫和渔火拟人化了，似乎是指江枫和渔火都陪伴着忧愁睡眠。
7. 姑苏：指苏州，因城西南有姑苏山而得名。
8. 寒山寺：始建于南朝梁代，相传唐代寒山与拾得两位僧人曾住在这个寺院。寒山寺曾经数次重建，现在的寒山寺，是太平天国以后建的。寺里的钟在第二次世界大战时被日本人窃走，下落不明。
9. 夜半钟声：当今的佛寺一般情况下，半夜是不敲钟的，但唐代有半夜敲钟的习惯，也叫“无常钟”或“分夜钟”。

逢雪宿[1]芙蓉山主人[2]

刘长卿

日暮苍山远[3]，
天寒白屋[4]贫。
柴门闻犬吠，
风雪夜归人。

简要说明

刘长卿（约 726 —约 786），唐代诗人，字文房，宣城（今属安徽）人。这首诗写暮色苍茫时，走了很远的山路来投宿的诗人，正碰上风雪漫天。可是，这家主人非常贫穷，很晚才顶着风雪归来。有人评论这首诗写得好：诗中有画，画外见情。

注释

1. 宿：投宿，借宿。
2. 芙蓉山主人：芙蓉山，山名；主人，指留诗人借宿者。
3. 苍山远：青山在暮色中显得很远。苍，青色。
4. 白屋：指简陋的茅草房。

渔歌子

张志和

西塞山[1]前白鹭[2]飞，
桃花流水[3]鳜鱼[4]肥。
青箬笠[5]，绿蓑衣[6]，
斜风细雨不须归。

简要说明

张志和（732—约 774），唐代诗人，金华人。曾做过小官，后来隐居于江湖，自称“烟波钓徒”。这首词就写他隐居时捕鱼的情景。这天正碰上江南水乡春汛。这首词写了山，写了水，写了渔翁的形象与他的心情。简直是一幅静谧美好的山水画。

注释

1. 西塞山：山名，在浙江省湖州市西面。
2. 白鹭：一种水鸟。
3. 桃花流水：桃花盛开的季节，正是春水澎湃之时。
4. 鳜（guì）鱼：这种鱼生长快，品质好，肉嫩无小刺，主要以其他小鱼为食料。
5. 箬（ruò）笠：竹叶编的斗笠。箬，叶大而宽的竹子。
6. 蓑衣：草或棕制成的雨衣。蓑，读 suō。

塞下曲[1]（其二）

卢纶

林暗草惊风[2]，
将军夜引弓[3]。
平明寻白羽[4]，
没[5]在石棱[6]中。

简要说明

卢纶（739—799），唐代诗人，字允言，今保定涿州市卢家场村人。卢纶所写《塞下曲》组诗共6首，这里选的是第二首，写将军夜猎的故事。据说，汉代名将李广善射，一次夜猎，本来是草中的一块石头，他却看成了一只虎，于是一箭射去。天亮一看，箭头竟然射进一块石头之中了。

注释

① 塞下曲：古代歌曲名。
② 惊风：突然被风吹动。
③ 引弓：即拉开弓。
④ 白羽：指箭杆后面有白色羽毛的箭。
⑤ 没：读 mò，陷入的意思。
⑥ 石棱：石头的边角。

新嫁娘

王建

三日入厨下，
洗手作羹汤。
未谙[1]姑食性，
先遣[2]小姑尝。

简要说明

王建（约767—约830），唐朝诗人，字仲初，颍川（今河南许昌）人。这首诗描写一位新嫁娘第一次下厨做饭时的情景：她很聪明，为了适合婆婆的口味，先请小姑子尝尝。有人认为这首诗是写刚当了官的人的心态。

注释

1. 未谙：不熟悉。
2. 遣：派，这里是“请”或“让”的意思。

江雪

柳宗元

千山鸟飞绝①，
万径②人踪③灭。
孤舟蓑笠④翁，
独钓寒江雪。

简要说明

柳宗元（773—819），唐代著名文学家、思想家，字子厚，河东（今山西省芮城、运城一带）人。唐宋八大家之一，与韩愈共同倡导唐代古文运动，并称“韩柳”。《江雪》是他写的一首山水诗，描写了一幅动人的江天雪景图，历代诗人无不称赞。

注释

① 绝：无，消失。
② 万径：指千万条路。径，路。
③ 人踪：人的脚印。
④ 蓑笠（suō lì）：蓑衣和斗笠。蓑，用草或棕编制成的用来防雨的衣服；笠，用竹篾编成的用来防雨的帽子。

早春呈[1]水部张十八员外

韩愈

天街[2]小雨润如酥[3]，
草色遥看近却无。
最是[4]一年春好处[5]，
绝胜[6]烟柳满皇都[7]。

简要说明

韩愈（768—824），唐代文学家、思想家，字退之，河阳（今河南省焦作孟州市）人，祖籍河北昌黎，世称韩昌黎。提倡古文运动，唐宋八大家之首，与柳宗元并称“韩柳”。这是韩愈写给水部员外郎张籍的一首诗。张籍，在兄弟辈中排行十八，所以称张十八。这首诗表面上是写草的，实际上是在赞美新生事物：他认为“遥看”有而“近却无”的草色，远远胜过“满皇都”的“烟柳”。

注释

1. 呈：恭敬地送给。
2. 天街：京城长安的街道。
3. 酥（sū）：酥油、奶油，用来形容滋润的春雨。
4. 最是：正是。最，当正讲。
5. 处：时候，不能当地方讲。
6. 绝胜：远远超过。
7. 皇都：指长安，长安是唐代的京都。

问刘十九

白居易

绿蚁新醅酒[1]，
红泥小火炉。
晚来天欲雪[2]，
能饮一杯无？

简要说明

《问刘十九》是白居易晚年隐居洛阳时的作品。刘十九是作者的朋友，是刘禹锡的堂兄刘禹铜；他与白居易常有交往应酬。

注释

1. 绿蚁新醅酒：指新酿的酒。绿蚁，指新酿酒未滤清时，酒面上浮起的绿色泡沫。由于它的颜色微绿，细如蚁，所以称为“绿蚁”。醅（pēi），酿造。
2. 雪：下雪。雪，用作动词。

寻隐者[1]不遇[2]

贾岛

松下问童子[3]，
言师采药去。
只在此山中，
云深[4]不知处。

简要说明

贾岛（779—843），唐代诗人，范阳（今河北涿县）人。贾岛是以“推敲”一词出名的。但他的“推敲”，不仅重视锤炼词句，在构思方面也是下功夫的。

注释

1. 隐者：隐士，隐居在山林中的人，一般指的是贤士。
2. 不遇：没有见到。
3. 童子：小孩。这里应指“隐者”的弟子。
4. 云深：指山上的云雾浓。

山行[1]

杜牧

远上寒山[2]石径斜[3]，
白云生处[4]有人家。
停车坐[5]爱枫林晚，
霜叶红于二月花。

简要说明

杜牧（803—约852），唐代杰出的诗人、散文家，字牧之，号樊川居士，京兆万年（今陕西西安）人。人称他为“小杜”，称杜甫为“大杜”。

注释

1. 山行：在山中行走。
2. 寒山：指深秋时的山，因为天凉了。
3. 斜：旧读 xiá，有伸向的意思。
4. 白云生处：白云升腾飘浮的地方。
5. 坐：因为。

夜雨寄北[1]

李商隐

君[2]问归期未有期[3]，
巴山[4]夜雨涨秋池[5]。
何当[6]共剪西窗烛[7]，
却话[8]巴山夜雨时。

简要说明

李商隐（813—858），唐代诗人，字义山，怀州河内（今河南沁阳）人。这首诗写诗人对亲友的怀念，不一定专指对妻子的怀念。

注释

1. 寄北：写诗寄给北方的人。当时李商隐在巴蜀（四川），他的亲人与友朋在长安，所以说“寄北”。
2. 君：对对方的尊称。
3. 归期：指回家的时间。
4. 巴山：指大巴山，这里泛指巴蜀一带。
5. 秋池：秋天的池塘。
6. 何当：什么时候能。
7. 剪西窗烛：剪烛，指剪去燃黑了的烛芯，这样灯光才可明亮；这里形容深夜在灯下长谈。西窗，泛指窗前。
8. 却话：回头说说，指与亲人与友朋追忆往事，其实就是聊天。

乐游原[1]

李商隐

向晚[2]意[3]不适，
驱车登古原。
夕阳无限好，
只是近黄昏。

简要说明

李商隐所处的时代是晚唐，尽管他有抱负，但也无法施展了。这首诗虽然也在赞美傍晚时的原野风光，但同时也抒发了对以前的美景已经逝去的感慨。有人说“只是近黄昏”中的“只”应当“正”讲，于是认为正是接近黄昏时，夕阳才是最好的。这种解释恐怕不符合诗人的心境。

注释

① 乐游原：在长安城南，登上它可眺望长安城，是唐代游览胜地，文人墨客常常来此吟诗抒怀。

② 向晚：傍晚。向，靠近。

③ 意：心情。

官仓[1]鼠

曹邺

官仓老鼠大如斗[2]，
见人开仓亦不走。
健儿[3]无粮百姓饥，
谁遣[4]朝朝[5]入君[6]口？

简要说明

曹邺（816～?），唐代诗人，桂州（桂林）阳朔人。曹邺做官时，看到官场腐败、战士挨饿、百姓贫苦的现实，写下了这首讽刺诗。

注释

1. 官仓（cāng）：指官府的粮仓。
2. 斗（dǒu）：古代容量单位，十升为一斗。
3. 健儿：指守卫边疆的战士。
4. 遣（qiǎn）：派，让。
5. 朝朝（zhāo zhāo）：天天。
6. 君：这里特指老鼠。

贫女

秦韬玉

蓬门[1]未识绮罗[2]香，
拟托良媒益自伤。
谁爱风流高格调，
共怜[3]时世俭梳妆[4]。
敢将十指夸针巧，
不把双眉斗画长。
苦恨[5]年年压金线[6]，
为他人作嫁衣裳[7]。

简要说明

秦韬玉，唐代诗人，京兆（今西安）人。这首诗明面上是写贫女的苦闷与伤感，其实恐怕也在暗示读书人怀才不遇的无奈。

注释

1. 蓬门：茅屋的门，指贫女之家。
2. 绮罗：指有钱人家妇女的服饰。
3. 共怜：意思是都爱的意思。怜，当爱讲。
4. 俭梳妆：指另一种时髦的打扮，并非俭朴，这种打扮可能形式简易却更加怪异。
5. 苦恨：非常怨恨。
6. 压金线：指用针线刺绣。
7. 衣裳：指上衣与下裙。裳，读 cháng。

焚书坑[1]

章碣[2]

竹帛[3]烟销[4]帝业虚[5]，
关河[6]空锁[7]祖龙居[8]。
坑灰未冷山东[9]乱，
刘项[10]原来不读书。

简要说明

章碣（836—905），晚唐诗人，原籍桐庐（今浙江桐庐县），后迁居钱塘（今杭州市）。《焚书坑》这首诗以秦始皇的焚书坑儒这一历史事实作为切入点，用夸张的手法说明焚书的目的是怕读书人起来造反，可是刘邦与项羽并不是读书人，却敢起来造秦朝的反。诗人用这种写法，巧妙地讽刺了秦始皇焚书坑儒的荒唐行为。

注释

1. 焚书坑：秦始皇焚烧诗书之地，故址在今陕西省临潼县东南的骊山上。
2. 碣：读（jié）。
3. 竹帛：指书籍。
4. 烟销：指烧书的烟火没了，书也烧光了。
5. 帝业虚：指皇帝的事业动摇了，快完蛋了。
6. 关河：关，指函谷关；河，指黄河。
7. 空锁：白白地扼守着，指守不住了。
8. 祖龙居：秦始皇的故居。祖龙，指秦始皇；居，指咸阳。
9. 山东：崤函（xiáo hán）之东。崤函，指崤山与函谷关，两者都在现在的河南省；也有人说，山东指太行山之东，是秦始皇所灭的六国原有之地。
10. 刘项：刘邦和项羽，即秦末造秦朝反的两支农民起义军的领袖。

江上渔者

范仲淹

江上往来人，
但①爱鲈鱼②美。
君③看一叶舟，
出没④风波里。

简要说明

范仲淹（989—1052），宋代政治家、军事家、文学家，字希文，谥号为文正，人称范文正公。他曾多次批评朝政，三次被贬。后来官至参知政事，相当于副宰相。他关心底层人民的生活。他写的《岳阳楼记》是脍炙人口的作品。

注释

① 但：只。
② 鲈鱼：一种个头较大而味道鲜美的鱼。
③ 君：你。这是诗人同读者说话。
④ 出没：若隐若现的样子，即一会儿看得见，一会儿又看不见了。没，读mò，这里当消失讲。

陶者[1]

梅尧臣

陶尽门前土，
屋上无片瓦[2]。
十指不沾泥，
鳞鳞[3]居大厦。

简要说明

梅尧臣（1002—1060），北宋著名现实主义诗人，宣州宣城（今属安徽）人。《陶者》这首诗写社会的不公平，揭露了封建社会统治者的不劳而获，反映了劳动人民的疾苦。古代写这类题材的作品不少，但多在衣食方面着眼；而梅尧臣却用烧窑工人与居住高楼大厦的统治者对比，这就不仅拓宽了受苦人民的范围，而且也使读者有新颖之感。

注释

1. 陶者：烧制陶器的人，这里指烧瓦工人。
2. 无片瓦：没有一片瓦。
3. 鳞鳞：形容屋瓦如鱼鳞一样排列。

画眉鸟

欧阳修

百啭[1]千声随意[2]移，
山花红紫树高低[3]。
始知[4]锁向金笼听，
不及林间自在啼。

简要说明

欧阳修（1007—1072），北宋政治家、文学家，号醉翁，吉州永丰（今江西省永丰县）人。他与韩愈、柳宗元、王安石、苏洵、苏轼、苏辙、曾巩合称“唐宋八大家”。他写的《醉翁亭记》最为出名。这首诗用对比的手法写出锁在金笼里的画眉鸟，其叫声远远比不上在山林中的画眉鸟好听。诗人写画眉鸟，是有弦外之音的。

注释

① 啭：指鸟婉转地啼叫。

② 随意：随着鸟的心意，不是随便的意思。

③ 树高低：树林中的高处或低处。

④ 始知：才知道。

蚕妇[1]

张俞

昨日入城市[2]，
归来泪满巾。
遍身罗绮者，
不是养蚕人。

简要说明

张俞，北宋文学家，益州郫（今四川郫县，郫，读 pí）人。诗人用对比的手法描写了一位以养蚕卖丝为生的妇女进城后的所见。

注释

① 蚕妇：养蚕的妇女。

② 市：指进城卖蚕丝。市，这里是动词，卖的意思。

登飞来峰[1]

王安石

飞来山上千寻[2]塔，
闻说鸡鸣见日升。
不畏浮云遮望眼，
自[3]缘身在最高层。

简要说明

王安石是唐宋八大家之一。写此诗时，诗人只有30岁，很有抱负。

注释

① 飞来峰：有两种说法：一说是指浙江绍兴城外的林山，一说在今浙江杭州西湖灵隐寺前。

② 寻：这里指古时长度单位，八尺为一寻。

③ 自：原来。有的书上“自”写作“只”，恐怕不妥。

泊船[1]瓜洲

王安石

京口[2]瓜洲[3]一水[4]间[5]，
钟山[6]只隔数重山。
春风又绿[7]江南岸，
明月何时照我还。

简要说明

宋神宗熙宁二年（1069），王安石被任命为参知政事，相当于副宰相；次年被任命为同平章事，相当于宰相，开始推行变法。后被罢相，再后来又拜他为相。据说，这首诗写于他第二次拜相进京之时。这首诗因第三句而闻名。

注释

1. 泊船：停船。泊，停泊，指船靠岸。
2. 京口：古城名，故址在江苏镇江市。
3. 瓜洲：古镇名，在扬州南郊。
4. 一水：这里的指长江。
5. 间：应读 jiàn，应理解为“间隔”。“一水间”指相隔一水。
6. 钟山：指南京的紫金山。
7. 绿：用作动词，吹绿。

水调歌头（明月几时有）

苏轼

丙辰[1]中秋，欢饮达旦，大醉作此篇，兼怀子由[2]。

明月几时有，
把酒[3]问青天。
不知天上宫阙[4]，
今夕是何年。
我欲乘风归去，
又恐琼楼玉宇[5]，
高处不胜[6]寒。
起舞弄清影[7]，
何似在人间？

转朱阁[8]，
低绮户，
照无眠。
不应有恨，
何事长向别时圆[9]？
人有悲欢离合，
月有阴晴圆缺，
此事古难全。
但愿人长久，
千里共婵娟[10]。

简要说明

这首词是苏轼公元1076年（宋神宗熙宁九年）中秋在密州（今山东省诸城市）时所作。当时他是被贬之官。这首词围绕明月展开想象，把人间的各种情感都融入宇宙之中，表现了诗人热爱生活的乐观精神。

注释

1. 丙辰：指公元1076年（宋神宗熙宁九年）。这一年苏轼在密州任太守。
2. 子由：苏轼的弟弟苏辙的字。
3. 把酒：这里是动词，端起酒杯。把，拿，端起。
4. 宫阙（què）：指月中宫殿。
5. 琼（qióng）楼玉宇：美玉造成的楼台亭阁，这里指想象中的仙宫。
6. 不胜：承受不了。胜，现在读shèng，承受，禁得住。
7. 弄清影：指在月光下的身影也跟着做出各种舞姿。弄，玩弄，欣赏。
8. 转朱阁，低绮（qǐ）户，照无眠：月亮转过了红色的楼阁，低低地挂在雕花的窗户上，照着失眠的诗人。朱阁，朱红的华丽楼阁。绮户，雕饰华丽的门窗。
9. 不应有恨，何事长向别时圆：意思是月亮不应该对人们有什么怨恨吧，（既然这样），为什么偏偏在人们分离时圆呢？何事，这里当为什么讲；长，读cháng，这里当总是讲。
10. 婵娟（chán juān）：指月亮。

题灯

陈烈

富家一碗[1]灯，
太仓[2]一粒粟。
贫家一碗灯，
父子相聚哭。
风流[3]太守知不知？
惟恨笙歌无妙曲[4]。

简要说明

陈烈，宋朝诗人，字季慈，长乐阳下（今福建长乐首占镇）人。这是一首著名的讽刺诗。陈烈在福州居住时，那里的太守叫刘瑾，在元宵节前下令每户必须挂十盏花灯，而十盏花灯要花二两银子。当时的百姓生活十分艰难，好多人家都挨饿。陈烈气愤不已，于是写了这首诗。据说，这首诗一出现，很快就传遍全城。刘瑾气坏了，声言要惩处写诗的人。可当他看到诗尾“陈季慈”三字的署名，就不敢了，而且下令取消了摆花灯的命令。

注释

1. 碗：盏。
2. 太仓：京城存粮的大仓库。
3. 风流：指刘瑾歌舞升平、卖弄风骚的举动。
4. 惟恨笙歌无妙曲：指太守刘瑾还抱怨歌舞升平缺乏好听的曲子。

病牛

李纲

耕犁千亩实千箱[1]，
力尽筋疲谁复[2]伤[3]？
但得[4]众生皆得饱，
不辞羸病[5]卧残阳。

简要说明

李纲（1083—1140），两宋之际抗金名臣，民族英雄，常州无锡人。他曾经当过宰相。这首诗中的牛，是诗人自喻。他为官清正，力主抗金，并亲自率兵收复失地，但为投降派排挤，为相七十天，即被贬到武昌闲居。他内心十分愤懑，作《病牛》以自慰。

注释

1. 实千箱：指生产的粮食多。实，充满；箱，指官府的仓库。
2. 复：又，再。
3. 伤：哀怜，同情。
4. 但得：只要能够。
5. 羸（léi）病：衰弱生病。

醉花阴

李清照

薄雾浓云愁永昼[1]，
瑞脑消金兽[2]。
佳节又重阳，
玉枕纱橱[3]，
半夜凉初透。

东篱[4]把酒黄昏后，
有暗香[5]盈袖。
莫道不销魂[6]，
帘卷西风，
人比黄花[7]瘦。

简要说明

这首词是李清照婚后不久所作，写她在重阳节思念丈夫赵明诚的心情。据说李清照将这首词寄给赵明诚后，赵明诚三夜未眠，作了好几首词，但都未超过这首《醉花阴》。

注释

1. 永昼：漫长的白天。
2. 瑞脑消金兽：指瑞脑香在金兽香炉中袅起。瑞脑，即冰片，瑞脑香是一种薰香之名；金兽，兽形的铜香炉。
3. 纱厨：即防蚊蝇的纱帐。
4. 东篱：指采菊之地。
5. 暗香：这里指菊花的幽香。
6. 销魂：形容极度忧愁、悲伤。
7. 黄花：指菊花。

观书有感

朱熹

半亩方塘[1]一鉴[2]开，
天光云影共徘徊[3]。
问渠[4]那得[5]清如许[6]？
为有源头活水[7]来。

简要说明

朱熹的这首诗表面上是写景，实际上是写他的读书感悟。

注释

1. 方塘：又称半亩塘，在福建尤溪城南郑义斋馆舍（后为南溪书院）内。
2. 鉴：镜子。古人以铜为镜，用布帛包着，用时才打开。
3. 天光云影共徘徊：指天的光和云的影子反映在塘水之中，不停地变动。
4. 渠：他，指方塘。
5. 那（nǎ）得：怎么能。那，通“哪”，怎么的意思。
6. 清如许：这样清澈。
7. 源头活水：这里比喻知识是不断更新的，只有不断学习思索，才能充满活力，就像水有源头一样。

示儿[1]

陆游

死去元知[2]万事空，
但[3]悲不见九州同。
王师北定中原日，
家祭无忘告乃翁[4]。

简要说明

陆游（1125—1210），南宋著名诗人，字务观，号放翁，越州山阴（今浙江绍兴）人。北方的大好河山被金人占领后，南宋小朝廷偏安在南方苟延残喘。在这个历史时代，多少有志者为收复北方河山，进行不屈不挠的斗争，而陆游则是文学领域的杰出代表。《示儿》这首诗相当于遗嘱，诗人嘱咐儿子说：哪天收复了北方的大片土地，你一定要告诉你死去的爸爸呀！浓浓的爱国之情跃然纸上。

注释

1. 示儿：写给儿子们看。
2. 元知：原来就知道。元，通“原”。
3. 但：只是。
4. 乃翁：你的父亲。乃，你，代词；翁，这里指父亲。

清平乐·村居[1]

辛弃疾

茅檐[2]低小，
溪上青青草。
醉里吴音[3]相媚好[4]，
白发谁家翁媪[5]？

大儿锄豆溪东，
中儿正织鸡笼。
最喜小儿亡赖，
溪头卧剥莲蓬。

简要说明

辛弃疾（1140—1207），南宋词人，字幼安，别号稼轩，历城（今山东济南）人。出生时，中原已为金兵所占。他21岁参加抗金义军，不久归南宋。一生力主抗金，他的词表达恢复国家统一的爱国热情，抒发壮志难酬的悲愤，也有不少诗词是吟诵祖国河山的。他从21岁南归以后，一直遭受投降派的排斥和打击，长期未得到任用，结果在信州（今江西上饶）闲居达20年之久。闲居中，他特别关注农村生活，写下了不少田园诗词。这就是其中的一首。

注释

1. 清平乐（yuè）：词牌名；村居，是题目。
2. 茅檐：茅屋的屋檐。
3. 吴音：吴地的方言。作者当时住在信州，这一带的方言为吴音。
4. 相媚好：指相互逗趣，取乐。
5. 翁媪（ǎo）：老翁与老妇。

游园不值[1]

叶绍翁

应怜[2]屐齿[3]印苍苔，
小扣[4]柴扉[5]久不开。
春色满园关不住，
一枝红杏出墙来。

简要说明

叶绍翁，南宋中期诗人，生卒年不详，曾任朝廷小官。这首诗描写诗人游园没遇到朋友，却欣赏到红杏出墙的美景；写出了春天的勃勃生机，也流露出诗人对春天的喜爱之情。

注释

1. 游园不值：想游园没能进门儿。不值，没遇到机会。
2. 应怜：应该感到心疼吧。怜，怜惜，心疼。
3. 屐（jī）齿：木鞋。因鞋底前后都有高跟儿，故叫屐齿。
4. 小扣：轻轻地敲打。
5. 柴扉（fēi）：指用木柴、树枝等编成的门。

四时田园杂兴[1]

范成大

昼出耘田[2]夜绩麻[3]，
村庄儿女各当家[4]。
童孙未解供[5]耕织，
也傍桑阴[6]学种瓜。

简要说明

范成大（1126—1193），南宋诗人，平江吴县（今江苏苏州）人。他继承了白居易等诗人的现实主义精神，反映当时农村的生活。《四时田园杂兴》是他退居家乡后写的一组田家诗，这是其中的一首，描写农村夏日生活中的一个场景。

注释

1. 杂兴：意思是随兴写来，无固定题材的诗。
2. 耘田：除草。
3. 绩麻：把麻搓成线。
4. 各当家：各自担当家里的工作。
5. 供：这里是从事或参加的意思。
6. 桑阴：桑树的树荫下面。

墨梅[1]

王冕

我家[2]洗砚池[3]头树，
朵朵花开淡墨痕。
不要人夸颜色好，
只留清气满乾坤。

简要说明

王冕，元代诗人、文学家、书画家，字元章，号煮石山农，浙江诸暨人。出身农家，幼年丧父，曾在秦家放牛，利用放牛的时间画荷花，晚上到寺院里长明灯下读书。后来隐居山中，以卖画为生。这是一首题画诗，诗人赞美墨梅，实际上是借梅花表达自己的高尚情操。

注释

① 墨梅：用水墨画的梅花。

② 我家：王冕与王羲之同姓，所以如此称呼。

③ 洗砚池：写字、画画后洗笔洗砚的池子。王冕故意把自己的洗砚池比作王羲之的洗砚池。

马上作

戚继光

南北驱驰[1]报主[2]情，
江花边草[3]笑平生。
一年三百六十日，
多是横戈[4]马上行。

简要说明

戚继光（1528—1588），明代著名的抗击倭寇的将领、军事家，山东登州人。他一生驰骋疆场，转战南北，战功赫赫。

注释

1. 南北驱驰：戚继光曾在东南沿海一带抗击倭寇，又曾镇守北方边疆。
2. 主：指明朝皇帝。
3. 江花边草：南方江边和北方边塞的花草。
4. 横戈：指手里握着兵器。

萧皋别业[1]竹枝词[2]

沈明臣

青黄梅气暖凉天[3]，
红白花开正种田。
燕子巢边泥带水[4]，
鹁鸠[5]声里雨如烟。

简要说明

沈明臣，明代诗人，生卒年不详。这是一首描写江浙一带风情的诗。这里春光明媚，乍暖还寒，红花白花都开了，正是种田时节，燕子正在筑巢，鹁鸪鸟也高兴地啼叫，烟雨蒙蒙，好一幅江南春景图。

注释

1. 萧皋别业：是作者友人李宾父的一个别墅的名称。萧皋，在浙江宁波鄞(yin)县；别业，即别墅。
2. 竹枝词：是四川一带一种民歌的名称。
3. 青黄梅气暖凉天：指这个季节梅子有青又黄，天气忽暖忽凉。
4. 泥带水：指因为是梅雨季节，燕子巢边的泥土带着很多水分。
5. 鹁鸠：鸟名，即鹁鸪鸟。

军中夜感

张家玉

惨淡[1]天昏与地荒，
西风残月冷沙场[2]。
裹尸马革[3]英雄事，
纵死终令汗竹香[4]。

简要说明

张家玉（1615—1647），生于明末，广东东莞人。明朝灭亡后，他从北京回到南方，在江西、广东等地起兵抗清，给清军以沉重打击。后来战败自杀，年仅32岁。这是作者在紧张的战斗生活中，写下的慷慨激昂的诗篇。

注释

❶ 惨淡：阴暗无光。

❷ 冷沙场：清冷的战场。

❸ 裹尸马革：即“马革裹尸”，古代将士死于战场，用马革包裹其尸体。东汉名将马援曾经说：“男儿要当死于边野，以马革裹尸还葬，怎么能卧在床上等死呢！”后来人们就以马革裹尸，形容为保卫祖国而战死疆场。

❹ 汗竹香：指青史留名，万古流芳。汗竹，烤制竹简时，水汽蒸发，好像人出汗似的，所以叫汗竹或汗青；后来人们往往用“汗竹”或“汗青”指史册。

绝句

吴嘉纪

白头灶户[1]低草房，
六月煎盐烈火旁。
走出门前炎日里，
偷闲[2]一刻是乘凉。

简要说明

吴嘉纪（1618—1684），明末清初的一位著名的盐民诗人，也称布衣诗人。字宾贤，号野人，江苏泰州人。他的诗多反映劳动人民的疾苦。

注释

1. 灶户：旧时称以煮盐为业的人为灶户。
2. 偷闲：这里指在烈日下能够休息片刻，已是难得的愉快的事了。

捕蝗谣

崔旭

捕蝗捕蝗，
官隶齐忙，
掘地纵火❶蝗飞扬。
官要供给，
隶要酒浆，
官隶践踏苗已僵。
吁嗟乎❷！
蝗未死，
苗已僵，
捕蝗之蝗甚于蝗！

简要说明

崔旭（1767—1847），清代人，字晓林，号念堂，直隶天津府庆云县（今山东省庆云县）人。崔旭为官清廉，这首诗采用民谣歌体写作，显得轻快、尖锐，富有谐趣。这首诗用官隶“捕蝗”的结果与造成的危害进行对比，揭露官隶对农民的剥削：“蝗未死”与“苗已僵”。这说明，官隶是比蝗虫还要可怕的“蝗虫”。

注释

❶ 掘地纵火：晚上点上火，火边挖个坑，蝗虫见到火光飞来，就被烧死，埋在坑里。这里是说，官吏借捕蝗为名，其实根本不认真捕蝗，所以“蝗飞扬”。

❷ 吁嗟（yú jiē）乎：叹息的声音。

所见

袁枚

牧童骑黄牛，
歌声振[1]林樾[2]。
意欲[3]捕鸣蝉，
忽然闭口立。

简要说明

袁枚（1716—1797），清代诗人、散文家，字子才，晚年自号仓山居士、随园主人、随园老人，钱塘（今浙江杭州）人。这首诗写牧童先动后静，突然而又自然，把牧童天真烂漫的样子写得活灵活现。这首诗还留有余地，把牧童怎样捕蝉与捕到没有，都留给读者，任你去想。

注释

1. 振：振荡。指牧童的歌声嘹亮。
2. 林樾（yuè）：指道旁成荫的树。樾，指树荫。
3. 欲：想要。

论诗

赵翼

李杜诗篇万口传，
至今已觉不新鲜。
江山代有才人[1]出，
各领风骚[2]数百年。

简要说明

赵翼（1727—1814），清代文学家、史学家，江苏阳湖（今江苏省常州市）人。这首诗直接写出了作者对诗歌创作的主张：他认为诗歌应随着时代不断发展，即我们现在说的“与时俱进”。他不认为只有古人的作品才是最好的，他认为每个时代都会有折射时代精神与表现时代风格的诗人，他相信后继承有人。

注释

1. 才人：天才之人。
2. 风骚：指作品在文学界的地位及其影响。

村居[1]

高鼎

草长莺飞二月天，
拂堤杨柳[2]醉[3]春烟[4]。
儿童散学归来早，
忙趁东风放纸鸢。

简要说明

高鼎，清代诗人，仁和（今浙江省杭州市）人。《村居》这首诗写的是诗人居住农村亲眼看到的景象，全诗充满了诗情画意，洋溢着欢快的气氛，字里行间流露出诗人对春天的赞美，对儿童的喜爱。

注释

1. 村居：在乡村里居住。
2. 拂堤杨柳：抚摸着堤岸的杨柳；是拟人的写法。
3. 醉：陶醉。
4. 春烟：指春天水里草木中蒸发出来的烟一般的水雾。

春愁

丘逢甲

春愁难遣强看山，
往事惊心泪欲潸[1]。
四百万人[2]同一哭，
去年今日[3]割台湾。

简要说明

丘逢甲，晚清爱国诗人、教育家。丘逢甲曾组织台湾义军抗击日本侵略者。这首诗抒发作者在台湾割让给日本后的悲愤之情。

注释

1. 潸（shān）：流泪的样子。
2. 四百万人：指当时台湾人口，约四百万人。
3. 去年今日：指1895年4月17日，清王朝与日本签订丧权辱国的《马关条约》，将台湾割让给日本。

狱中题壁

谭嗣同

望门投止[1]思张俭[2]，
忍死须臾待杜根[3]。
我自横刀向天笑[4]，
去留肝胆两昆仑[5]。

简要说明

谭嗣同（1865—1898），中国近代著名的政治家、思想家、维新志士，字复生，号壮飞，湖南浏阳人。1898 年参加领导戊戌变法，失败后被杀，年仅 33 岁。光绪二十四年（1898）是农历戊戌年，这年六月，光绪皇帝实行变法。不久，谭嗣同等人奉皇上之命，进京参与新政。最后，慈禧太后发动政变，囚禁了光绪帝，并且大肆抓捕维新党人。本来，谭嗣同也可以像康有为、梁启超那样逃往海外的，但他坚决不走，说道：“各国变法，无不以流血而成，今日中国未闻有因变法而流血者，此国之所以不昌也。有之，请自嗣同始。”9 月 21 日，他与杨深秀、刘光第、康广仁、杨锐、林旭等五人（这就是“六君子”）同时被捕。这首诗，是他在狱中所写。

注释

① 望门投止：看到哪里有人家就马上到哪里投宿。这里指逃亡生活是担惊害怕的。

② 思张俭（jiǎn）：想到了张俭。东汉末期，张俭被诬为结党营私，他只好逃亡。百姓都冒险收留他。“望门投止思张俭”，这句的意思是，诗人希望逃亡途中的康有为、梁启超等能像张俭一样受到人们的保护。

③ 忍死须臾待杜根：忍死，忍耐装死；须臾，片刻；待杜根，像杜根那样等待时机。东汉时，杜根曾上书要求邓太后把政治权交给安帝；太后大怒，就下令要把杜根装入袋中摔死。执法者同情他，让他装死三天。等到太后死后，他又官复原职。谭嗣同这句诗的意思，可能是希望他的战友们能像杜根一样想法保护自己，待机完成变法大业。

④ 我自横刀向天笑：我却面对横在眼前的屠刀，仰天大笑。意思是自己准备含笑走向刑场，慷慨就义。

⑤ 去留肝胆两昆仑：去，指逃亡的康有为等，也有人认为指当年谭嗣同的卫士“大刀王五”的；留，指谭嗣同自己。肝胆两昆仑，比喻他们肝胆相照，有如两座昆仑山一样的雄伟。

就义

谭嗣同

有心杀贼[1]，
无力回天[2]。
死得其所，
快哉快哉！

简要说明

1898 年 9 月 28 日，在北京宣武门外菜市口刑场上，谭嗣同、刘光第、杨锐、林旭、康广仁、杨深秀等六位爱国志士慷慨就义。临刑前，“六君子”面不改色，只听谭嗣同高声朗诵了这首诗。诵罢，哈哈大笑。

注释

1. 有心杀贼：贼，指以慈禧为代表的守旧势力，包括袁世凯在内。
2. 无力回天：指戊戌变法失败了，自己无能为力了。

对酒[1]

秋瑾

不惜千金买宝刀[2]，
貂裘换酒[3]也堪豪。
一腔热血勤[4]珍重，
洒去犹能化碧涛[5]。

简要说明

秋瑾（1875—1907），女，近代民主革命志士，第一批为推翻封建统治而牺牲的革命先驱。她为辛亥革命作出了巨大贡献，为妇女解放运动的发展起到了巨大的推动作用。1907 年 7 月 15 日凌晨，秋瑾从容就义于绍兴轩亭口，年仅 32 岁。这首诗写于 1905 年，诗人从日本回国后，在朋友吴芝瑛家中，拿出在日本新买的一把短刀给大家看。酒后，秋瑾便拔刀边舞边唱，吴女士的女儿用风琴为她伴奏，格外壮烈动人。

注释

1. 对酒：指这首诗对酒痛饮。
2. 宝刀：指秋瑾在日本留学时购买的一把刀。
3. 貂裘换酒：以貂皮制成的皮袍换酒喝。这四个字，多是用来形容名士的风流与豪爽的。
4. 勤，多多。
5. 碧涛：绿色的波涛。《庄子·外物》写道："苌弘死于蜀，藏其血，三年而化为碧。"苌弘是周朝的大夫，遭奸臣陷害而自杀。当时的人把他的血用石匣藏了起来，结果三年后化为碧玉。后来人们就用"碧血"指烈士的鲜血。